杨振声经典作品集

杨振声 著

花山文艺出版社

河北·石家庄

图书在版编目（CIP）数据

杨振声经典作品集 / 杨振声著. -- 石家庄 ： 花山
文艺出版社，2018.4（2024.6 重印）
ISBN 978-7-5511-3881-9

Ⅰ．①杨… Ⅱ．①杨… Ⅲ．①散文集－中国－现代
Ⅳ．①I266

中国版本图书馆CIP数据核字(2018)第048925号

书　　名：**杨振声经典作品集**
　　　　　YANG ZHENSHENG JINGDIAN ZUOPIN JI

著　　者：杨振声

策　　划：张采鑫
责任编辑：王　磊
特约编辑：李文生
装帧设计：北京九洲鼎图书有限公司
美术编辑：王爱芹
出版发行：花山文艺出版社（邮政编码：050061）
　　　　　　（河北省石家庄市友谊北大街330号）
销售热线：0311-88643299/96/17
印　　刷：三河市中晟雅豪印务有限公司
经　　销：新华书店
开　　本：710mm×1000mm　1/16
印　　张：9
字　　数：100千字
版　　次：2018年6月第1版
　　　　　　2024年6月第3次印刷
书　　号：ISBN 978-7-5511-3881-9
定　　价：49.80元

极要描写民间疾苦的作家。

——鲁迅

杨（振声）真今世之风流人物也。冯友兰论晋人风流，谓必有玄心，洞见，妙赏，深情。杨氏有焉。然晋人风流，弊至于荡，杨无其弊，而温文尔雅，此其所以难能。

——司徒良裔

今甫（杨振声，字今甫）待人接物的风度有令人无可抵拒的力量。

——梁实秋

序

中华人民共和国成立几十年来，语文教学实现了由"语文教学大纲"到"语文课程标准"再到"语文核心素养"的三级跳远。如果说"语文教学大纲"解决了森林的每棵树是什么的问题，那么，"语文课程标准"就解决了由树成林的整体观是什么样子的问题，而"语文核心素养"则解决了树如何成林、成林后有什么用处的大问题。

在"语文教学大纲"时代，传递一个一个的知识点是教学的重要任务，于是文章里的知识点在课堂上被一一讲解，学生虽掌握了知识点却难免"只见树木不见森林"。"语文课程标准"的颁布实施，让语文教学前进了一大步，真正把语文教学放在"课程"里整体思考，整体设计教学思路，将知识、能力、情感、态度、价值观融为一体统筹安排，但其终极目标还不够清晰。"语文核心素养"是在全面落实"立德树人"教育目标下提出来的，旨在通过语文自有的教育功能为当代合格青少年的成长过程提供必要的养料和条件。

什么是"语文核心素养"？北京师范大学资深教授王宁认为，语文核心素养是学生在积极主动的语言实践活动中构建起来，并在真实的语言运用情境中表现出来的个体语言经验和言语品质；是学生在语文学习中获得的语言知识与语言能力、思维方法和思维品质，是基于正确的情感、态度和价值观的审美情趣和文化感受能力的综合体现。简言之，语文核心素养包含四个关键词，即语言、思维、审美和文化。

我们为什么要阅读经典，如何阅读经典，它和语文核心素养的养成有什么关系？

我们可以站在阅读经典这个制高点上，去回首我们的过去的经历，评判我们的得失；也可以以更加开阔的视野瞭望世界，"极目楚天舒"。这说明"读什么"比"怎么读"更为重要。

中外经典繁多。中国古代文学是一座宝库，但阅读它们需要掌握一定的知识和能力，需要有适合的导读和引领。中国现代文学离我们不太遥远，其所处时代的特殊性给我们的阅读提供了多种可能性。因此，在几年前"经典阅读与中学语文教学"课题被中国教育学会中学语文教学专业委员会批准立项时，课题组就锁定中国现代文学经典作为研究对象。这些经典，不仅有20世纪二十至四十年代冲破铁屋子的呐喊、落后与苦难下的坚守、民族存亡的抗争，也有中华人民共和国成立的喜悦和人民投身火热建设中的豪情，作品中表现的家国情怀无不令人动容。通过阅读这些经典，学习作家们的语言运用技巧，以积累好词好句，提升自己的语言建构与运用能力；学习作家们批判与发现的精神，以促进自己的思维发展与提升；学会欣赏和评价作家们的作品，以培养自己的审美鉴赏与创造能力；学习作家们对中外文化的包容、借鉴、继承，以加强自己对文化的传承与理解。

最后借用我国著名作家王蒙先生的话与读者共勉：读书的亮点在于照亮生活，生活的亮点包括积累智慧与学问。生活与读书是互见、互证、互相照耀的关系。用脑阅读，用心阅读！用阅读攀登精神的高峰！

目录

渔　家

一个春天的下午，雨声滴沥滴沥地打窗外的树。那雨已经是下了好几天了，连那屋子里面的地，都水汪汪地要津上水来。这一间草盖的房子，在一棵老槐树的旁边；房子上面的草，已是很薄的了，还有几处露出土来；在一个屋角的上面，盖的一块破席子。那屋子里面的墙，被雨水润透，一块一块地往下落泥。那窗上的纸，经雨一洗，被风都吹破，上面塞的一些破衣裳。所以，那屋子里面十分惨淡黑暗的了。

屋子的墙角，放着一铺破床，床上坐的一个女人，有三十多岁，正修补一架打鱼的破网。旁边坐着一个八九岁的女孩子，给她理线。床头上还躺着一个小孩子，不过有一岁的光景，仰着黑黄的脸儿睡觉。那女人织了一回网，用手支着腮儿出一回神。回身取一件破袄，给那睡觉的小孩子盖好，又皱着眉儿出神。

那女孩子抬头望见她母亲的样子，便说道："妈妈！爸爸出去借米，怎么还不回来？我的肚子饿……痛……哎哟！"说着便用手去捧肚子。

那女人接着说道："好孩子！你别着急，你爸爸快回来了。"

那女孩子又接着问道："爸爸是上张家去借米的吗？"

那女人道："是的，上次借了他的米，尚未还他，这次还不知道他借……"

那女孩子道："那一天我到张家去玩，他家的蓉姐姐拿馍馍喂狗，我从她要一块吃，她倒不给我。"

　　她母亲道："罢呀！人家有钱！命好！"

　　那女孩子道："咱们因为什么没有钱？怎么就命不好？"正说着，一阵雨水从那屋顶上淋了下来。淋了那女孩子一身，那女孩子不觉地打了个寒噤，说道："不好了！屋子上面的席教风吹掀了。快把床挪一挪吧。"说完，便同她母亲来拉床。正忙着，一个三十多岁的男人，打着一把破伞，通身的衣服都湿了，走了进来。那女孩子叫道："爸爸来了！爸爸！你借了米回来了吗？"那男人夹着肩膀，颤声说道："没……没……"

　　那女人急道："我们两天没有动火了，又没处再去借米，这不得等着饿……"这句话倒说得那女孩子想起饿来了，哭道："爸爸，饿……饿死……我了！"

　　那男人拭眼说道："你乖，别哭，等到好了天，我打鱼卖了钱，就有的吃了，不挨饿了！"说着，只听哇的一声，床上睡觉的小孩子也醒了。那女人忙地抱起来，给他奶子吃。但是那小孩子衔着奶子在口里，只是不住地哭。那女人拿下奶子看了一看，道："哎哟！这奶子是没得汤了！怪不得他哭呢，这怎么……"说着，便用袖子去拭眼。那女孩子看见她母亲哭了，越发哭个不住。那男子包着眼泪，转了脸，往上望那房子上面的窟洞。

　　那时已是黄昏了，雨渐渐地住了，但是还没开晴。忽听门外叫道："王茂，你的渔旗子税还不快纳吗？"说着，一声门响，进来了一个身穿蓝军衣的人，手里拉着一根马棒，嘴里吸着纸烟，挺着胸腹，甩着个大辫子，一摇一摆地走进来。王茂见是一位水上警察，就带了几分怕，忙赔笑道："老爷！我这里连饭都没得吃，哪里有钱上税。再等几天我就给你送去吧。"那警察从鼻子里出来两道烟，慢慢地说道："你有没有的吃我不管，这渔旗子税总是要纳的；难道你说没有饭吃，就不纳税了吗？没有饭吃的人多着呢，哪一个敢不纳税来。快点，我若回去禀了老爷，办你个抗税的罪，你就担不了兜着走！快点吧！"

王茂道："我前些日子预备了两块大洋，这几天没得吃，还没敢动用。等着再借三块，一遭儿给你送去，不是……你先拿两块去。"

那警察道："不成，得一块儿交齐。"

王茂道："老爷！我今年时气不好，上一次下了网，又教旁人把鱼偷了去，连网都割去了，所以我……"

那警察不等他说完，便接口道："胡说，有我们水上警察，哪一个还敢偷鱼。难道我们偷了你的鱼不成！你分明抗税，还要胡说，非带你见我们老爷去不成。……快走……不成。"说着，拉了他就要走。

那女孩子原是哭着的，后来看见那警察来了，她便吓得跑到她母亲的背后，一声也不敢哭了。今见那警察要带她父亲，她怕得又哭起来了。那女人也急了，把小孩放在床上，跑来求那警道："老爷饶了他吧！你若把他带……我们一家……都要饿……死了！"那警察仰了脸，只作不理，说道："走！走！别废话啦。"说着，拉了王茂就走，吓得那女人孩子一齐哭起来。那时雨又下大了，澎湃之声与哭声相和。

忽听哗啦的一声，接着那小孩子哭了一声，就无动静了。那女孩子哭叫道："后墙教雨冲倒了，弟弟……"

王茂听了，哀告那警察道："你放了手！我看看我的孩子再走！"那警察哪里听他，拉着就走了。那女孩子还在后面哭着叫："爸爸……爸爸……妈妈晕过去了……哎呀！"

那时天已昏黑，王茂走得远了，犹听得他的女孩子叫哭之声，被风送到他的耳朵里，时断时续的。

磨面的老王

一个伏天的午后，午饭刚过，满地都是树荫，一丝风也不动；好像大地停止了呼吸，沉闷得很。一团炎炎赤日，很庄严地在长空中缓缓渡过；这个世界像是被它融化了，寂静得可怕，一切都没有动作，也没有声息。花草都低下头去，沉沉欲睡，长舌的鸟儿也一声不响；只有不怕热的蚂蚁在火一般的地上跑来跑去；勤苦的蜜蜂儿围着花飞上飞下。在一个花园东北角上，立着两间茅草的破房，从腐烂的窗格中间，滚出一阵阵隆隆的磨音，打破死一般的沉寂。

一个三十多岁的男人在那里磨面，黄色的脸皮上被着一缕一缕的汗纹；乱蓬蓬的头发盖满了浮面，好似草上秋霜一般。一条蓝布裤子露出膝骨来，被汗洗透，都贴在腿上。他从十几岁上失去父母，就雇与人家磨面。起初推磨的时候，他还觉发晕；又觉得天太长了；腰腿酸得不能抬步。后来习惯下去，他也就和那两片无知觉的磨石一样的机械动作了。两片磨石磨薄了几寸；他的汗把地滴成窝，他的脚把地踏成坑，他的胡须也连腮围口乱草一般的生出来了。除了对门李家的花狗儿时常跑来看看他，对他摇摇尾巴要点冷饭吃，只有那两片又冷又硬的磨石是他离不开的友伴啊。

墙下的日影渐渐长了，树荫下睡醒的老牛，哞哞的唤伊的小牛。巢上的小鸦儿伸长了脖子，张着宽大的嘴儿叫老鸦回家。压山的太阳照出半天的红云。老王出了黑魆魆的磨坊，拍一拍头发；走到左边的河里把身上洗一洗。

坐在河边草地上，看李家的花狗儿和一个黑狗儿扑着玩。张家的小福儿伸着两只泥手，从一株柳树后面转了出来，一直跑到河边对老王说：

"妈妈要你磨麦子，你明天有工夫吗？"

"有工夫，明天一早就磨起。"老王回答说。那小孩子又眉开眼笑地说道：

"妈妈要面给我做巧果子，后天过七月七啦！" 说着跑到那两个狗的眼前，抱着那个黑狗的脖子，和两个狗滚作一块儿。爬起来又往北面一个菜园里跑了去，两个狗也跟在后面跑。他口里嚷道："我叫爸爸吃饭去啦。"不一会儿张老三肩着锄从北面走了过来，福儿在前面跑。他又站住等他爸爸一回，仰着小脸儿问他爸爸几句话，扯着他爸爸的手儿往村西头走去了。

老王看得出了神。那个小孩子含笑的小脸儿，仿佛有一种魔力，引出人心中很深密的爱；他那个活泼泼的神气，能使一切的东西生动。这个景象深深印在老王眼里，使他的脑筋起了特异作用。他呆呆地坐了一回，顺着脚走回自己房里；心中好像有了心事似的，饭也不吃，瞪着眼睛仰卧在炕上不动。此时沉沉的大地笼罩在黑暗里，一点声息也没有；只有窗外的虫声和村里一处处的犬声来点缀这个空寂的世界。

老王仿佛身在磨坊里，但是这回自己不推磨了。一个大驴子给他推磨，他只在一旁忙着加麦子收面。这个长脸的驴子，竖起两个大长耳朵来在磨前飞跑；面落得十分快。他看着自是高兴。忽听身后一声叫道：

"爸爸，你不去吃饭吗？妈妈都预备好啦。"老王回头一看，一个五岁的小孩子站在他的面前。这是他的小孩子，比白天看见的福儿还长得好看些。抱起来亲个嘴，他喜得唇都颤动了。

"你磨面给我做巧果子吗？"小孩子抱着他的脖子问他说。

"是呀！是呀！做一大串巧果子，下面坠个花红，好不好？"老王忙着回答说。小孩子喜得张了小嘴笑，露出一口洁白的小牙来。抱了他的孩子走出磨坊，他看见一个二十多岁的女人在那边忙着张罗饭桌子。"这是村西黄家的大女儿。"他心中想道。他的女人指着桌子说："快吃吧，等会儿就冷了。"看见桌子上放着一盘子热气腾腾的黄瓜炖牛肉，方蒸好的馒头，他腹中觉着饥饿得很。饭吃得香甜极了，却是越吃越觉着饿。小孩子坐在桌子头上，伸出小手来要馒头，又张着小嘴儿要菜吃。他心中说不出来的快乐，泪包着爱的眼光常射在他的小孩子脸上。一阵脚步响，张老三闯了进来。嚷道："福儿！福儿！我好半天没找到你，你跑到这里来了。"说着抱了小孩子往外就跑。小孩子一面挣扎着，回过头伸着手向老王道："爸爸，扯住我，我不去！"老王吓呆了。急向前来抢，却吓醒了，心里还只是蹦蹦地乱跳。睁开眼屋内漆黑，死沉沉的寂静。只听远远的鸡声和肚子里边咕噜咕噜的声音相答。

老王瞪了眼，躺着不动。直到窗纸发白了，树上的雀儿噪起来了，他懒懒地起来，仍旧一转一转的磨他的面。却是他今天与往日不同了；他有了心事了；他走得慢了；他时常不知不觉地停住了脚，忽然又紧走几步。磨的声音不似从前那样的均匀了，变成时断时续，忽快忽慢的了。他大概是想他梦里的小孩子，或者也想到他的驴子。他只是渐渐地瘦下去了。

正是秋天的黄昏，屋角上黄色的夕阳照在草园里一堆堆的落叶上。下面的蟋蟀，唧唧！唧唧！时断时续地叫伊的友伴。草屋里的老王已经绝粒几日了。他起初受了风寒，头烧得厉害。后来腰腿都痛起来，他不得不和他那两块又冷又硬的磨石分手了。他躺在床上，也没人送饭他吃，捧水他喝。倒是对门王家的花狗儿有时想起他，跑来打两个转身，见他躺在炕上，把两只前爪子搭在炕沿上，摇摇尾巴，对他汪汪叫两声就跑了。

　　他一阵一阵地发昏。忽觉屋内放了光明，他看见他的驴子在那里推磨；他的老婆在那里做饭；他的小孩子在草园里玩，很可爱的小脸对他笑着，伸出小手来招呼他；他也笑着跑向他的小孩去了。

圆明园之黄昏

害病也得有害病的资格。假如有人关心你，那你偶然害点小病，倒可以真个享受点清福。院子静悄悄的，屋子也静悄悄的。只有一线阳光从窗隙里穿进，一直射在你窗前的花瓶子上。假若你吃中国药的话，时时还有药香从帘缝钻进，扑到你鼻子里，把满屋子的寂静，添上一笔甜蜜的风味。你心里把什么事都放下，只懒洋洋地斜倚在枕上，默默地看那纸窗上筛着的几枝疏疏的竹影，随着轻风微微地动摇。忽地她跑到你床前，问你想吃什么饭。你在这个时候，大可以利用机会要求平常你想吃她不肯做的菜吃吃。你有这样害病的福气，就使你没病，也可以装出几分病来，既可以骗她的几顿好饭吃，又可以骗到她平常不肯轻易给你的一种温柔。可是，假如没人关心你，只有厨子是你的一家之主，那你顶好是不害病。你病了不吃饭，他乐得少做几顿饭菜；你病了不出门，他乐得少擦几次皮鞋。你与其躺在床上，听他在廊檐下与隔壁的老妈子说笑，反不如硬着心肠一个人跑出去，也许在河边上找到株老柳，可以倚倚，看看那水里的树影和游鱼；也许在山脚上碰到块石头，可以坐坐，望那天边的孤云与断雁。总之，没人关心你，你还躺在床上害病，是要不得的。

我心里这样地想着，我的脚已经走出大门来了。西风吹着成阵的黄叶，在脚下旋绕，眼前已是满郊秋色了。惘惘地过了石桥沿着河边走去，偶一抬头看见十几株傲然挺立的老柏，才知道已走到圆明园的门前。心想，以前总怕荒凉，对于这个历史的所在，总没好好地想过。现在的心境，正难得个凄凉的处所给它解放解放。于是我就向着那漆雕全落、屋瓦半存的大门走去，门前坐了几个讨饭的花子，在夕阳里解衣捕虱。见人经过，他们也并不抬头睐一眼。我走进大门，只见一片荒草，漫漫地浸在西风残照里面，间或草田里站立个荷锄的农夫，土坡上，下来个看牛的牧子，这里见匹白马，在那儿闲闲地吃草，那里见头黄牛，在那儿舒舒地高卧。不但昔日的宫殿楼台，全变成无边萋萋衰草，就是当年的曲水清塘，也全都变成一片的萧萧芦苇了。你纵想凭吊，也没有一点印痕可寻，一个人只凄凄地在古墟断桥间徘徊着，忽然想起意大利宫来，荒草蔓路之中，不知从哪里走去，恰巧土坡前有个提篮挖菜的小孩子，我走过去问他一声。他领我走上土坡去，向北指着一带颓墙给我看，依稀中犹望见片段的故宫墙壁，屹立在夕阳里面。离开了挖菜小孩子，我沿着生满芦苇的池塘边一条小路走去。四围只听到西风吹得草叶与芦苇瑟瑟作响。又转过几个土山，经过几处曲塘，一路上都望不到那故宫的影子。过一个石镇的小桥，那水真晶莹得可爱。踏过小桥，前面又是土山。还不知那故宫究在何处。忽然一转土山，那数座白玉故宫的遗址便突然出现于面前了。只觉得恍惚中到另一个世界似的。欣赏，赞叹，惋惜，凄怆，一齐都涌上心来！这一连几座宫殿，当日都是白玉为台，白玉为阶，白玉为柱，白玉为墙的。如今呢？几乎全没于蓬蒿荆棘中了！屋顶不用说，是全脱盖了，墙壁也全坍塌了。白玉呢？有的卧在草中，有的半埋土下，有的压于石土之底，有的欹在石柱之上。雕刻呢？有的碎成片段了，有的泥土污渍了，有的人丢了头，有的龙断了尾，有的没在河沟里面，有的被人偷去了！只剩下一列列的玉柱，屹立在夕照里面，像一队压阵脚的武士。在柱前徘徊，看看那柱上的雕刻，披开荒草，摸摸那石上的图案，使你不能不想见当时的艺术，再看看那石壁颓为土丘，玉阶蔓生荆棘，当日庭院，于今只有茂草；当日清池，于今变成污泽；这白玉栏杆，当年有多少宫人，曾经倚了笑语，于今只围绕着寒蛩的切切哀吟了；这莹澈的池水，当年有几番画舫的笙歌，于今只充满着芦苇的萧萧悲语了；这玉殿洞房，当年藏过多少的金粉佳丽，于今只成个狐狸出没的荒丘了；这皇宫御院，当年是个多么威严的所在，如今只有看羊的牧子，露宿的乞儿偶来栖息了。虽说是你看了罗马的故宫，不必感到罗马的兴亡；可是如法国的凡尔赛，芳吞波罗等废宫，都在民国里保存着，为国家建筑艺术的珍品，我们为什么把这样的古迹都听他去与荆棘争命呢！且听说有人把石柱与雕刻偷偷卖与外人，这是何等羞耻的事！这种罗马式的建筑，在中国是唯一的古迹，你毁它一块小石，都觉得是犯了罪，竟有大批偷着卖的事；为什么政府与社会都不肯保重点古迹呢！

我正在这样地幻想，低头看见我的影子，已淡淡地印在古台上了。抬起头来只见怆凄的半月，已从西半天上放出素光，侵入这一片荒凉之中，这成堆的白玉，再镀上这一层银色的月光，越现其洁白，苍凉，素净，寒气逼人。我心想走上高台，领略领略这全境的清切吧。刚到台阶，只见在两个石柱中间现出一双灯亮的眼睛正对望着我，我不觉打了个寒噤。那边草一响，向上一跳，在月光迷离中照出一道弓形的曲线，蓬蓬大尾，窜入荒草，接着是一阵草叶响，我才知道是只野狐。待心跳定一定，耳边上风动草叶声，芦叶相擦声，风过石壁声，卷黄叶声，唧唧的蟋蟀声，潺潺的水流声，都来增加这地方的寂静。再看那四面巉岩的白石，森森如鬼立，地上颓卧的石条，凝冷如僵尸，我自己的牙根，也禁不住地震动了。通身如浸在冰窟一般。自己才想起若再添了病，回家没人关心怎么好！只得转身往回头走来。刚出了故宫的旧址，来到土坡上，不觉回头望一望，只见一片玉海，在迷离的银雾笼罩中，若有无限的哀怨。我悄然下了土坡，一个人伴着影子走，心里总是不解，为什么英法要烧掉这座园子，假若他们能把清家的帝王烧死在宫里，也还有个道理可说，却只单单地烧掉这件历史上的艺术品！难道我们烧了他们的鸦片，他们就有权力来烧我们的艺术品吗？

再写圆明园之黄昏

河里新出卵的小鱼，赶着水面飘零的花瓣去接吻的时候，已经是暮春的天气了。从学校中下课回来，温煦煦的阳光正斜照在半窗上，屋子里生出一种愁人的暖静。我刚一脚跨进房门，小猫雪儿便迎上来围着我打转，小尾巴直挺着像条旗杆，侧着头摩擦着我的脚背，嘴里咕噜咕噜地在念咒。我就知道，不是因为我不在家的时候，我的用人虐待了它，它来向我诉冤；就是它自己闯了什么祸，来向我求饶。我把书包掷在沙发上，背身坐在书桌前的转椅子上，慢慢地看我屋子的东西有没有变动。雪儿也乘时跳上椅子，把头抵在我怀里揉擦。我看一回屋子里并没有什么变动，便用手拍着雪儿说，"大概是老张欺负了你，等我骂他。"雪儿像心里很坦然似的把身子一卷，就躺在我怀里，用前蹄抱了头去睡觉。

我想起出门的时候有封信没写，就转过椅子来对了桌子去找信纸。看！我的一个小花瓶插着一单枝的白丁香可怜人的躺在桌子上，花瓶子的水成一条小河直流到一张图画上，我刚托人借到的一张工笔画的圆明园的全图！我急忙起身去把那张图轻轻地从桌子上揭起，又慢慢地把它展开，见几处的色彩已经被水污漫了。我只急得跺脚，心里叹恨道，"可怜的圆明园，你的本身既受了英人的火烧，现在仅存的一张图样，又受了我的水灾！"说着我的眼四下里找雪儿，这小东西，它却早已从我身上跳下，钻到书架子后面去了。

看着这张可怜的图样，又引起我乘时再去圆明园一走的念头，失了机会，恐怕以后连一砖一瓦的踪影，都无处可寻了！果然，我走到圆明园门前的时候，几乎使我不能认识了！大门前的红壁，去冬还屹然立在白雪里，于今不过几月的光景，已经都拆光了。门前方亩的石院，挺立着十几株古干的老柏，秃枝突兀的；于今方石都已掀去，老柏都已锯断，只剩下几丛秃根了！以前仅存的宫门与两翼的耳廊，时常有些讨饭的花子在那儿曝日捉虱的地方，现在数十个泥水匠正在那里不留情地拆毁它，屋顶已经拆去，墙也拆到一半了。咳！这仅只残剩下来的宫墙与园墙，几乎是唯一的记号来表示这一段古迹的，于今都被内务部卖掉拆掉。不久这一片古宫将整个的消灭在荒山野陌之中，更无人能寻出它的旧迹了。

我从砖瓦堆里迈过了旧日宫门的地址，进到里面。这一片残砖碎瓦古宫的旧迹沉睡在无边的微红夕阳里，还记得它们当年繁华的旧梦不？零落的牛羊游荡不定地在宫殿旧址上摆着头安闲地吃草，哪里知道此地当年的尊严！一群乡下小女孩子们，挽着竹篮子，无知无识地说笑着在颓断的宫墙下面挖菜，问她们可知道这是当年宫女们游戏的故址？几个乞儿在假山底下挖个洞，四围搜集些干柴断草，生起火来，在青烟缭绕中烧他们偷来的鸡吃，还管它这是当年皇帝的故居？一片片绿黄的麦田，在熏暖的阳光中慢慢地抽出它们的穗子，哪知道它们代替了当年的柳堤花坞？池塘的芦苇摇摆着油绿的长叶在晚风里刷刷私语，给一对对的野鸭作了美丽的窝巢，哪里梦想到它们占据了当日的清池曲沼，赶走了当年的绿荷红菱？即使照遍古今的明月，慢舒她的银足在深夜中重行偷入这一片故宫旧址的时候，也哪里能想及它当年所照的碧瓦朱栏，画舫人面呢？总之，一切一切，都只能在碎砖废瓦，荒丘断水间摸索它们的旧梦罢了！

　　我一面这样地痴想着，一面腿不由己地向北走。走过一段石垫的断桥，又转个山坡，那一排四座的意大利宫又立在我的面前了。在我的推想中，这四座英人烧不掉的白玉宫殿，纵使圆明园都变成野田荒丘，它们也将与白玉的命运同其永久的。谁知道中国的事，都是人类想不到的呢！几十个泥水匠正在那儿努力拆毁它。石柱一条条拉倒在地上，雕花的石梁，都从柱头拉下，预备搬运了走。有多少雕刻很精的白玉柱梁，都打成断块，很无辜地横卧在荒草里，向游人泣诉它们的命运！假使你能哭的话，还有使你哭都哭不出的事。看！几个穿灰色衣服的人类——大概又是北京报纸每逢抢案发生所称为穿灰色衣帽，冒充军人者，在那里用很大的铁锤，很勇武地去打碎几块石色最白雕花最细的柱头，又榨成最小的块子用骡车拉走（据说是可以研成细粉作为潺米之用的）。那些纯洁的白玉，正如洁白美人的僵体，只这样无主地无抵抗地被他们奸污劫载而去了！我不相信我所看见的是真的，我愿意我在做梦！我愿意我的眼生了毛病，所见的是幻影！我不愿意看见人类中有这种不幸的事情！然而我又明明看见这种事情！我恨他们，我愿意那灰衣的人类，走了捶榨了他们自己的手；我愿意那拉歪的石梁掉在泥水匠的头上。然而，我又错了，这岂是他们的不是！

　　我的心纵使像石头一样的坚硬，也许石头一样被他们榨得粉碎了。我只得转过身来望回头走，想把所见的一切都忘掉它，可是这个印象太悲惨了，太深刻了，使你不由不回想。

　　我想，这种公产，尤其是有历史性的，是我们国家的公产，是我们民族的公产，并不是内务部的私产，更不是几个无耻官僚的私产。他们凭哪种权力把我们民族的公产当作他们的私产卖掉？他们这几年卖掉先农坛的围墙与外坛的树木及地皮，又进而拆卖北京的皇城的砖瓦与附近的地皮，这不但破坏北京的庄严与道路的宏敞，且使多少贫民依皇城建屋而居的，壁破屋塌，无家可归，他们卖了钱去发薪水，可怜的小百姓就不该有房子住！他们卖得得意，于今又卖到圆明园了！听说还想卖天坛的古柏呢！不久他们要把我们更宝贵的公产都卖掉作为薪水了！我不解这宝贵的公产所养活的他们，到底是作什么用？

像圆明园这类的古迹，全部自然是无法保存了；不过如意大利宫这一部分，虽经残毁，而形体犹存，我们应该又应该，把它好好地保存起来。不但这种罗马式的建筑，在中国绝无仅有，在艺术方面很有保存的必要；就是这圆明园本身的历史与它被焚的始末，在清史与中国外交史方面，也都有很大的意义；我们有绝对保存的义务。还有一件，这也许是几个人的癖性，就是：游览一座完整的古迹，不过引起些艺术的常识；而游览一座残毁的古迹，则满目荒凉，既引起一种悲凄的情怀；同时回想到它当日的荣华，更引起一种景物变迁的感想。假使北京的三殿、故宫、北海、中央公园都有历史上应当保存的资格，那么圆明园的古迹，有那样更浓厚的历史意味，为什么我们还不知道保存呢？

我心里这样漫散地想着，我的腿也漫散地向家里走来。及到进门的时候，已经上灯多时了。老张问我吃过饭，我只说不吃了。很沉重的一身坐在张矮椅子上，看看雪儿再也不见面了。半晌，我听到喵的一声，抬头四下里望望，见雪儿在书架腿下伸出头来望着我。我知道这又是来试验我，我不理它。它很畏缩地顺着墙根走到沙发极远的角上躺下了。我望见它那可怜的样子，叹息说，"雪儿，雪儿，到底你还有点良心，比他们好多了！"它望我一回，见我不去招惹它，它像负气一般的一翻身背过脸去睡了。此时房子里无限的寂静，窗子外无限的黑暗，偶尔远村里几声犬吠，报告夜已深了。雪儿睡醒一觉，翻过身来看见我还坐在那里，它一伸腰打了个呵欠，嘴里咕噜咕噜地像是在说：

"你这个人近来的脾气越发坏了，我就是碰倒了你的花瓶子，也值得这样的生气吗！"

与志摩的最后一别

　　十一月十九日夜里十二点了，忽然接到济南来的电报，说是志摩在泰山机焚身死！天啊，我的眼睛可是花了？揉揉眼再看，那死字是这般的突兀，这般的惊心，又是这般的不可转移！电报译错了吧？那是可能？查了再查，这志摩与死万不能连在一起的观念，竟然由这不肯错一字的电码硬给连上了！电报的错字每每有，为什么这回它偏不？但常常有些奇突可怕的事变，吓出一身冷汗后，醒来竟只是一个噩梦。这回敢不也是？但愿它是！四周望望，书架，桌椅，电报，为什么又这般清晰，这分明又不是梦！志摩，他是真死了！

　　记得我们最后的一别，还是今年六月里在北平中山公园，后池子边上，直谈到夜深十二点以后。那是怎样富有诗意的一个夏夜！

　　月亮没有，星斗是满满的。坐在枝叶蓊翳的老柏树底下。对面是古城下一行的路灯，下面池子里的鱼泼刺泼刺地飞跳，身子松松懒懒地斜靠在池边的长椅上，脚跷在临池的栏杆上，眯着眼吸烟，得，这是多好的一个谈天的环境与谈天的姿势！

　　于是我们谈到星星的幽隐，谈到池鱼的荒唐，谈到古城上楼阁的黑轮，谈到池子里掩映的灯影，谈到夏夜的温柔与不羁，谈到爱情的曲折与飘忽。最后，又谈到他个人的事情上去了，如紫藤的纠缠，如绿杨的牵惹。如野风的渺茫，如花雾的迷离。我窥见他灵感的波涛，多情的挣扎！那是多有趣味而又不能发表的一段呀！

时已半夜以后了，露水把火柴浸洗，烟都抽不着。沉静着听那夏夜的神秘吧。忽然远远地幽幽地来了一阵音乐之声。

"听，那故宫的鬼乐！"他说。

那音乐真像似从故宫方面来。"你想这音乐是在幽宫的一角，几个幽灵泣诉故宫的旧恨好呢？还是在千门万户的不夜之宫，三千女魂一齐歌舞好呢？"是我问。

"唔！你去幽宫吧，我得先看了歌舞，再到幽宫去找你。"他弯了嘴笑。

我们寻着音乐声往东走，经过一段幽凉的长路，到了来今雨轩，也不见有跳舞的音乐。

"这音乐真来得古怪！"他侧着耳朵说。

出了公园的前门，我们又顺着天安门东走，高大的城根下，只有我们两个影子。

"小曼来好几封快信催我回去了。"他有所思地说。

"你怎么还不走呢？"

"等飞机呀！"

"干吗必须坐飞机？"

"快哦。"

"你等上一星期呢？别顽皮了！乖乖地坐车去吧。回首坐船，到青岛还得来见我们，我们陪你逛崂山。"

"飞机过济南，我在天空望你们。等着，看我向你们招手儿吧。"

"我明天也就要回去了。"

"这样快！几时见？"

"你一准到青岛来。"

"好吧。"

………………

志摩，你是答应我们了！但我们等来等去，等到了你一个惊心的消息。

许多朋友来信说，"志摩死了，我们哪里更找到像他这样一个可爱的人！"

是的，我们的损失，不只是一个朋友，又是一个诗人，一个散文家，更重要的，是人类中失掉了一曲《广陵散》！

谈到诗，志摩实在给了它一个新的体魄，虽然在音节上还未能达到调谐的完美。可是，只要诗得了新的体魄，它不自然会找一个适当的调子吗？我常想新诗有三个阶段。第一阶段，自然是胡适之先生们打破旧诗的樊笼，促成新诗的雏形，然在这一阶段中作白话诗的都还脱不了旧诗的气味。只在形式上把诗的用字，白话化，把平仄的拘束给打破了。而内容上还不能算是如何的新。及至志摩，以充分西洋诗的熏陶来写新诗。不但形式一脱旧诗的窠臼，而取材、用字、结构及气味，都不是旧诗而是新诗了。为方便，可说是到了第二阶段。如他初期的《婴儿》《白旗》《毒药》诸篇，具有何等的力量！但这种散文式的诗，到底是丢了诗的主要成分——音乐的美！志摩诗的进展，音节渐渐地西诗化，这是看得出的。但从单音字与复音字的不同、中西语调的差异，中国新诗的音节，不是可以整个西洋化的。这必从中国语言中找出它自身的音乐来才使得。所以第三阶段，就是新诗音节的追求。自五年前闻一多先生与志摩在《晨报》所创办的《诗刊》，以至今日新月出版的《诗刊》，都是在这一方向努力的行程。而志摩的《猛虎集》已较《志摩的诗》音节为调谐，仪容也整饬了，虽然我们还盼他不失掉初期的力量。谁知在这最后的奋斗中，我们正想看他伟大的成绩时，他却飘然而去呢！

至于他那"跑野马"的散文，我老早就认为比他的诗还好。那用字，有多生动活泼！那颜色，真是"浓得化不开"！那联想的富丽，那生趣的充溢！尤其是他那态度与口吻，够多轻清，多顽皮，多伶俐！而那气力也真足，文章里永远看不出懈怠，老那样像夏云的层涌、春泉的潺湲！他的文章的确有他独到的风格，在散文里不能不让他占一席地。比之于诗，正因为散文没有形式的追求与束缚，所以更容易表现他不羁的天才吧？

再谈到志摩的为人，那比他的散文还有趣！就说他是一部无韵的诗吧。节奏他是没有，结构更讲不到，但那潇洒劲，直是秋空的一缕行云，任风的东西南北吹，反正他自己没有方向。他自如地在空中卷舒，让你看了有趣味就得，旁的目的他没有。他不洒雨，因为雨会使人苦闷；他不会遮了月光，因为那是煞风景。他一生绝不让人苦闷，决不煞风景！曾记得他说过："为什么不让旁人快乐快乐？自己吃点亏又算什么！"朋友们，你见过多少人有这个义气？

他所处的环境，任何人要抱怨痛苦了，但我没有听见他抱怨过任何人；他的行事受旁人的攻击多了，但他并未攻击过旁人。难道他是滑？我敢说没有一个认识他的朋友会有这个印象的。因为他是那般的天真！他只是不与你计较是非罢了。他喜欢种种奇奇怪怪的事，他一生在搜求人生的奇迹和宇宙的宝藏。哪怕是丑，能丑得出奇也美；哪怕是坏，坏得有趣就好。反正他不是当媒婆，做法官，谁管那些！他只是这样一个鉴赏家，在人生的行程中，采取奇葩异卉，织成诗人的裂裳，让哭丧着脸的人们看了，钩上一抹笑容。

这人生就轻松多了！

　　我们试想这可怜的人们，谁不是仗着瞎子探象的智慧，凭着苍蝇碰窗的才能，在人生中摸索！唯一引路的青灯，总是那些先圣往哲，今圣时哲的格言，把我们格成这样方方板板的块块儿。于是又把所见的一切，在不知不觉中与自己这个块块儿比上一比，稍有出入便骂人家是错了。于是是非善恶，批评叫骂，把人生闹得一塌糊涂，这够多蠢！多可怜！志摩他就不——一点也不。偏偏这一曲《广陵散》，又在人间消灭了！

　　…………

　　志摩你去了！我们从今再没有夏日清晨的微风，春日百花的繁茂！我再不忍看那古城边的夜灯，再不忍听那荷花池里的鱼跃！假若可以换回的话，我愿把以上的一切来换你。你有那晨风的轻清，春花的热闹，夏夜的荒唐！

　　你回来！我情愿放走西北风，一把揪住了你！

一九三一年十二月，青岛

苏 州 记 游

一

在学校教书，好容易挨到暑假，像媳妇死了婆婆那样的自由，又像春天脱了棉袍换上夹衫那样的轻快。几乎不知道日子怎样打发才好。计划要读的书，多至一本都读不了；计划要做的事，多至一件都做不成。假使有个相熟的朋友，约你在读书做事前，先来上一游，那就像可可糖填到嘴里，美得话都说不出，只有点头而已。与老石同游，就是在这个机会。

我们同校一年，相知深了，我知道他，他也知道我，我们的计划很多，从来未曾按照计划实行一次。这次我们暑假居然同到了上海，又计划同游南京。恐怕计划不实行，头两天就先在旅行社买好了南京车票。我们说好不坐夜车，因为都是初次去南京，乘日车可以看看路上的风景。

一天早晨我们居然又同上了快车，相视一笑。"这次我们的计划又实行了。"火车还未开，话车就先开了。我们很得意地讨论到南京后的游程，虽然我们都到耳食中的南京图画里游行。可是我们讨论的热烈，致使同车的人们都回头看，以为我们在打架。经过长时间的讨论，结果是车到后就去游鸡鸣寺，在夕阳中晚眺；晚上再乘月色去游玄武湖，闻那荷香。

吱——唧——噗噗，火车停下了。

"什么地方？"

"苏州。"

"苏州？"老石睁大了眼问。

我点点头。

"怎么我们计划的时候，就没有想到苏州？"他有点像馋嘴猫闻到了鱼腥。

"做梦的时候，想到，计划的时候，忘了。"我也有点心动。

"我们……嘻……你看……"他话有点不好说，急得只用屁股摩擦座椅。

我猜到他的心事，同我的一样。只是我也不肯说，笑着望了他让他先发难。

他擦了擦额上的汗，又抿了抿干嘴唇，"唉……我们……嗯……在这儿下车好不好？"他说了赤着牙哈哈地笑，想笑掉他的不好意思。

"那南京车票不能退。"我偏拿拿劲。他搔了搔头道："只当掉了吧！"

"我们的计划呢？"

"也算掉了吧。其实……计划哪有能实行的。并且……按照计划找的快乐，像似工作赚的钱；意外找到的快乐，好似路上拾的钱，格外有个意思。不是吗？"

"分明是掉了六块钱的车票，反说是路上拾到钱！"

"你几时这样算计来，偏偏这次有算计了！"他要翻陈账。

我慢慢地吸我的烟斗，对于他的讥讽全不睬。

嘟——嘟——嘟——车又快开了。我偷眼看看老石，他满脸是汗，一声也不响，只拼命地吸烟。

我慢慢地笑着站起来，提了皮包向外就走。他也咯咯地笑着跟了下来。

"我的手杖呢？"我们出了苏州车站，眼望那疾驶而去的火车，我才想起车上还有我的手杖——我从朋友敲来一支很得意的手杖！

"丢了六块钱的车票嫌不够，还赔上一支手杖！"我气得跺脚。

"让它代表我们游南京去吧！"老石在旁咯咯地笑。

二

游虎丘是当天下午的事。我们在人力车上一颠一跛地穿小街。老石东望西顾地在寻找苏州佳丽。他在德国就听说苏州的脂粉也是苏州的名胜之一。可是我们在街上所见的，都是半老黄瘦的佳丽，坐在门前小凳上，摇着蒲扇，吸着水烟袋乘凉。他皱着眉望了我一眼。

"失望吗？"我明白他的意思。"你们外国的美人，都陈列在街上，唯恐人家看不见；我们中国的美人，都关锁在房里，唯恐人家看得见。这里是内地，不比上海广州呢！"

他又问我那节孝牌坊是什么意思，我告诉了他后，他说："此处为什么这样多？"

"为什么这样多？或许是需要大吧。"我实在被他问穷了。

我们将到虎丘的时候，车子在个小桥前面停下了。几个小女孩子擎着麦秸编制的小团扇，围着我们嚷着卖。那嫩黄明净的麦秸扇，映着她们白嫩带笑的小脸，你真忍不得拒绝。我们俩就一人买了一把。啊，这一来可不得了。她们马上就围上了一大群，都吵着非每人买她们一把不可。"耐买俚笃个，弗买侬个，阿好意思！"赶到我们每人抱了一抱扇子逃出来，她们后面还有几个在追赶。

"开扇子店吧。"我看着我们这两抱扇子苦笑。

"这样买扇子才有意思。"他倒得意。

"有意思也许在买的时候，现在抱了这些扇子怎么游山？人家不当我们是来卖扇子的？"可巧庙前有些小孩子，我们回头望望那些卖扇子的小女孩子已经看不见我们。就拣出两把，把其余的都分送人了。

进了虎丘的山门，在树梢上就望见那座巍立的古塔。我们在旁处略略地徘徊，便径奔那古塔而去。

它的美在我们走近它五丈之内才全然发现。它不是玲珑，是浑成，是一块力的团结。它没有飞檐，没有尖顶，不是冲天的向上力。它是圆顶，是下沉，是一种力自天而降，抓住地面，如虎踞的威雄。它的颜色不是砖蓝——不表情感的颜色，天的颜色。它的颜色是赭丹，是半褪落的赭丹，是热烈的情感经过时代的伤痕，是人的颜色。映在夕阳的古红之下，它的颜色比我们平常所见的一切的颜色都古雅，都壮丽，都凄凉，都高傲。加以四围的荒草，断木，衬托着它本身的古拙，苍凉，倔强，屹立，完全一片力量的表现，雄伟的象征！

我们简直受了它的魔力，走都走不开。直坐到夕阳衔山，它的颜色减少了力量，我们才移得动脚。老石承认在西洋建筑中，没有如此简单而表现力量又如此充足的。可惜塔身已向东北欹侧，数年以后，将与雷峰塔同为荒土一丘。世界上又失去一件重大的艺术品——悄然无声地失去了！

我们往外走的时候，南望层层叠叠的云山，在暮霭苍茫中，迷离掩映，简直分不出哪是云，哪是山来。老石又呆着不动了。他叹口气道："我到了这里才了解中国的山水画！"

"你比朗世宁高明得多，他在中国学过多少年，还只会画外国狗！"想起他的画来，我总联想到在外国吃中国杂碎的风味。

出了庙门，老石说："咱们换条路走吧，别再碰在卖扇子的手里，不好办。"于是我们就望着丘陇间有断碣残碑的地方，落荒而走。这种浪漫走法，逍遥倒也逍遥，可是走不上正路。直到天黑了，我们还在人家坟地里徘徊。村子里上了灯火，我们才像扑灯蛾般的扑上大道。

到了城里，已是不早了，还没解决吃饭问题。又不知道什么地方好，就商量车夫拉我们到个清爽点的馆子，他们当然不会拉个就近的地方。如是又在车子上晃了半天，晃到个高高门楼前面。下车一看，匾上是松鹤楼。"这名字真清爽，咱们就在这儿吃吧。"我们是以这个理由进了门。

进门一瞧，呵，墙壁，楼梯，桌椅，全是窝肚颜色，映着红的灯光，红的炉火光，充满着黑暗时代地窖子里炼金的风味，我们又以这个理由入了座。

堂倌的黑揸布在桌子上擦着，一面问我们要什么菜。这倒是个难题目，"拣好的做吧。"我装作满不在乎地溜过这难题。

酒壶是再古拙没有，老石见了就欢喜。菜呢？瞧！第一碗是熘鱼，第二碗是炸鱼，第三碗是汤鱼，直至吃的饭，都是烧鱼面。"今天是过星期五。"我说。

老石擦擦额上的汗道："好吃。"

我倒忍不住笑了。

三

第二天吃了早点，我们商议去游逛狮子林。据说清乾隆到了狮子林，就想起倪迂那张画，现打发人去北京取来对着比看。我们却是先看到倪迂那张画——自然是延光室的印影，才想到去逛狮子林。老石为了这个缘故，特别高兴。大概坐在洋车上，还梦想过皇辇的风味。及至到了门口，看门的问道可有介绍信，我才恍然这一去的突然。他又问名片，我们各人在腰里掏了半天，我掏到一张递过去。那看门的低下头看看那秃溜溜的三个字，再抬起头看看我们直挺挺的两个人，就摇摇头干脆说声"不行"。

我望望老石，老石也望望我，不约而同地两脸苦笑。

"还是坐着皇辇回去吧！"我奚落他。

"多谢你那段好听的故事！"他又奚落我。

我们去北塔溜了一转，塔是上去了，又下来，只留下筋肉的感觉。还是旁边那个禅院，僻静得怪有意思。

留园名满江南，岂可不去瞻仰一番？也不知是狮子林的钉子在作怪，还是理想中的图画太荒唐，在留园中逛来逛去，没找到一处可以沾惹点情感的地方。最后我们的结论，是有几株老树，还古拙而自然。

不知怎地我们又在城外了，是当日的下午，也许是为初来时，坐在洋车上，慢腾腾地走着，远望那一带绿杨城郭，映着明净的河流，那印象特好，把我们又引诱到城外来，至于放弃了其他的名胜？无论如何，我们是在落荒而走了。河边的一株古柳，桥上的一个担夫，村子外几个小摊，地头上一丛野草，都逗引我们的呆看与徘徊。时间在这种不知爱惜中溜过，不觉又近黄昏了。雇他一只小艇，挂上夕阳的红帆，沿着城墙划进城里，穿那两岸人家的小河去？不错，就是这个主意。

进了小河，忽然感到一种太接近的不好意思。两岸全是人家的后门，后门有点像一个家庭排泄的出口。遨游乎其中，颇感点走近人家马桶的忸怩，窃听人家私语的唐突。也许人家满不在乎，但这十足地表现出游人的没出息！别管那个，味道可真浓厚。洗衣服的胰子味，厨房的炒菜味，马桶味，酱油醋味；再加上耳边碟子碗的脆声，锅铲的尖声，吵嘴的怒声，笑语的娇声，洗澡的水声；眼前竹竿上晾着未收的小孩尿垫，大人的裤子，衬衣，门缝间衣袖的一角，纱窗里女子的半面，处处是太接近了，太私昵了，——闻到人家身上的气息的一种接近，早晨闯进睡房的一种私昵。

"这才是苏州呢！"老石正高兴。哗的一声，一盆水从一家后门泼出。"哎呀！"老石叫。那门边探出一个老妈子头，看了看，把嘴一张，又用手掩上；缩回头去，哗啦把门关上了。老石伸出袖子抖着水，问我道："这是什么水？"

"洗脚水。"我告诉他。

赶我们到一个桥头下了船，已是满街灯火了。

第三天我们在火车上，远远地还望见虎丘塔倔强地屹立在晨曦中。老石换了一套棕色衣，我手中来时的手杖，现在也换上了一把轻清的麦秸扇了。

此文曾记游虎丘一部分，十七年载于睿湖。同游的老石嫌其不全，当然他是有权反对的。故为增补于此。

北 平 之 夜

街上卖茶汤的声音，夜是深了。

这座颓唐衰老的古城，怀抱着多少悲欢与罪恶，在电灯下，黑暗里，凄凉的街头，暖红的闺阁！

在人生的大流中，各自经营其生命一刹那的满足。国难方新，沉酣如旧了！

炉火初红，纱灯半暗，有多少客厅里流动着男女的笑语；同时在清凄的风霜里，白冷的路灯下，又徘徊着多少无家可归的老人孀妇与孤儿！有多少麻将牌在男女杂坐，酒酣耳热，洗牌清脆的竹声，与钗环手镯摇碰的声音相混杂；也有多少流离失业，望绝囊空，旅馆孤灯，家乡千里的游子！有多少红软衾中，娇羞半面，鹅毛枕上，蓬发如烟，香梦沉酣的贵妇；也有多少破庙殿里，砖冷如冰，大户门前，风寒似剪，梦里吟呻的乞讨。

在生命的大流中，出现无穷的矛盾与冲突，不必需的奢靡与痛苦！

胡同里有多少当父亲的在那儿眯着眼睛掉苏州腔；病床前也有多少当母亲的含着眼泪望着她的病儿，有多少阔太太跳舞回家太晚，悄悄地卸下衣裙，钻进被筒，怕惊醒她的丈夫；也有多少拉洋车的成日拉不到两毛钱，管他妈的去喝了二两白干，回家却低着头，不敢看他的妻子！

在生命的大流中，浮荡着金钱的罪恶与困穷的悲哀！

要人的密室里，也许有人在商量价钱，城厢的小客栈里，也许有一伙强盗在分赃，黑角里也许有几个小偷在挖墙；但是，在什么地方能找到几个拔剑呼天、歃血救国的好男女？

在生命的大流中，充满了罪恶与忠勇，而最后战胜者谁？

卖茶汤的声音渐渐远了，只有风吹窗纸声！

拜　访

拜访变为虚文时，人生又加上了一种无聊！

它也如许多礼节一样；时代的沉渣给近代洋装革履的人戴上一顶红缨帽。

在"民至老死不相往来"之后，当是舟车的方便增进了人世的往来，然"适百里者宿舂粮，适千里者三月聚粮"，到底远道相访，不是一件容易事情，唯其不容易，非是人情之所不能已或事实之所不得已，总不会老远跑到朋友家里，专只为说一句"今天天气好"。

事实之所不得已，无话可讲；若夫人情之所不能已者；或友好久别，思如饥渴；月白风清，扁舟相访；相悲问年，欢若平生，如是杀鸡为黍，作一日饮可也。"乘兴而来，兴尽而返"亦可也。或彼此闻名，神交已久，一旦心动，欲见其人，如是绿树村边，叩门相访，一见如故，莫逆于心可也。语不投机，拂袖而去可也。总之这种访问是有些意思的。

到了近代，工商业把城市变成了生活的中心，交通的方便又把人流交会于几个大城市里，于是一个城居而交游不必甚广的人，亲戚故旧，萍水相逢，总有上百个。即便你每天拜访一个，风雨无阻，一年之中，平均每人你访不过四次，人家已经说你疏阔了。何况拜访不已，加以送往迎来；送迎之不足，加以饯别洗尘。其他吊死问疾，贺婚祝寿，一年也要有不少次。你看人，人要回拜；你请人，人要还席。请问一生有多少精力，多少时间，消耗在这些无聊的虚文上！

本有一些无聊的人，既已无聊矣，不妨专讲究这些，因为除了这些，他们会更无聊，他并不在乎老远跑到你家里，问你"今天没有出门吧？"，他也并不在乎请一桌各不相识的客人，让你们鸟眼相对，反正他认为他很有礼貌地来拜访过你，又很有礼貌地请过你吃饭，就坐在家里静候你去回拜，心里盘算着你几时可以还席。

对于这般人，我无话可讲，不过不懂的是：为什么我们把拜访人看成了礼节？不等人家请，不问人家方便不方便，也不管有事没事，随便闯到人家家里搅扰一阵，耽误人家的正事不算，还要人家应酬上一堆无聊的话，这便是礼节！

我想认此为礼节的只有几种人：一种是贤人，人家去看他，他认为是访贤；一种是阔人，他要一大群无聊的人替他去摆阔；还有一种是闲人，要人替他去消闲；再有，就是一种莫名其妙的无聊之人，一生专以无聊事为聊。

我恳切地希望请那般无聊的人都到贤人阔人闲人家里去，让真能享受朋友的人，在读书做事之暇，一壶清茶，三五知己，相约于小院瓜棚之下，或并不考究而舒服的小客厅里，随便谈天。说随便一字不虚：先是你身体的随便放，任何姿态都可以。这里没有礼节，你想站着，绝没有人强迫你坐。再是你说话的随便，没有人强迫你说，也没有人阻止你说，你可以把心放在唇边上，让它自由宣泄其悲哀，愤懑与快乐，它是被禁锢得太闷了，这里是它唯一可以露面的地方，它最痛快的是用不着再说假话，而且它好久没说真话了！还有听话的随便，你不必听你不愿听的话，尤其用不到假装在听，因为这里都是孩子气的天真，你用不着装假，就是装也立刻被发觉。最后是来去的随便，来时没人招待你，去时也没人挽留你。反正你来不是为拜访谁，所以谁也不必对你讲客气。

　　让我们尊重旁人的家，尊重旁人的时间。我们没有权利随便闯进朋友的家里去拜访，自己且以为有礼！再让我们尊重别人的自由，尊重旁人的情感，我们没有权利希望朋友来看我，或是希望朋友来回拜。真正朋友的话，聚散自有友谊上的天然节奏。你想加上一点人工也未尝不可，打扫干净你瓜棚下的那一方土地，预备好你能够供献给你的朋友的一点乐趣，哪怕渺小到一句知心话，发几张小柬邀他们来，至于来不来是每一个人的兴趣与自由。如此还不失其为自然。凡不自然的皆是无聊。

批 评

批评是一件太普遍的事了，普遍到使我们相忘于无形。其实呢，我们无日无时不在批评着人，也无日无时不在被人家批评着。假使乍然相遇，无话可说，我们就批评天，说"今天天气好"。一切形容字都是批评。我们在互相批评之中，改善自己的行为，自己的语言，甚至自己的衣服。

社会也在被批评之下，改善它的制度、它的法律、它的道德观念。批评，它不但是人们的畏友，也是社会的诤臣。

批评，它不限于一切形容词的笔之于书或出之于口，所有感叹词更是情不自禁地批评。

批评，它也不限于声音与文字，一耸肩，一皱眉，或白眼相加，或侧目而视，也都是有形的批评，至于"腹诽"或"心许"，更是无形的批评了。

批评既是如此普遍而平常，我们却偏偏忽略它的存在与发展。人们只知道考究自己的衣服而不知道考究自己的批评。批评改善了人生与社会，而不知改善它的自身。

无遮拦的信口雌黄，引起了对面的反唇相讥，于是批评流为攻讦！

一般老实人，看到口祸之可戒，变成了金人，三缄其口。于是批评被禁锢为"皮里阳秋"！

巧言令色者不但"面从"，而且"面谀"，于是批评之道，扫地以尽！

随着批评以亡者是我们处世的良友！它之亡并不因为缺乏意见与一些

话说。所缺乏者是处理这般意见的风度与发表一些说话的艺术。

当我们批评人家的事情时，很少能像批评自家的事情那样宽恕。这并不因为我们厚爱自己，只为我们知道自家的事情比知道人家的事情更清楚些。我们知道自己做某一件事的不得已，却不能原谅旁人做事的苦衷。当我们自身被批评时，我们始深知其然。可是到了自己批评旁人时，我们又忘其所以然。及至得意忘形之际，我们且责人以自己所不能，这真是爱人甚于爱己了。

假使我们能设身处地去批评旁人，一如希望旁人之批评我者，则批评才有所谓"恕"。"恕"的起码限度，在批评时仅有对事的意见之不同，不能涉及对人的情感之好恶。

但即此意见之不同，本由于我与人是非标准之不一。庄子所谓"此亦一是非，彼亦一是非"也。可是，假若人与我是非一致，标准不异，则又不会有批评。有批评也等于无批评。假若我与人是非不一，标准无定，则今日据一标准以为是者，明日又据一标准以为非。是彼与此各一是非之外，彼又是非不一，此亦是非不一，混淆错杂，也不能有批评。有批评亦必无结果。

如此看来，所谓批评者，不过拿自己的标准去衡量旁人的标准，或是旁人拿着他的所谓是非来比较我的所谓是非罢了。既如此，便无绝对的标准亦无绝对的是非可言。既无绝对的标准与是非，我们又何取乎有批评？既无绝对的标准与是非，我们又何可以无批评！批评，它的目的，本非在求绝对是或绝对非，只在求一事一物之各种看法与各面关系，取其一时一地的相对的是非而已。

我们若承认此，批评人时便犯不着盛气凌人，因为人家并不是绝对的非；

被批评时也犯不着刚愎自用，因为自己并非绝对的是。如此方可言批评的风度。

至于批评的艺术，它本为顾全自己的身份与体贴旁人的情感而有。骂人固然失身份，称赞人又何尝不？挨骂诚然难堪，被称赞又何尝好受？《诗经》的美刺，所以多用比兴者，正为了不便直言，故委婉以达其情。不学诗，无以言，并非无话可说，正是有话不会说也。不会说话者，不是说了自己失身份，就是听了使人忍受不得。酬酢应对之间，尚须艺术，何况批评？批评总要说人家的是或非，间接又是说自家一定是。说人是易流于誉人，说人非易流于毁人；说自家一定是，可最易惹人反感。

是人而人不以为誉，非人而人不以为毁，这要艺术。自是而人不以为忤，这要风度。所以说，我们并不缺乏批评，缺乏的是批评的艺术与风度。

被 批 评

"举世而誉之而不加劝，举世而非之而不加沮"，那是至人。常人之情，总不免为批评所动。不但为批评所动，且从批评之中认识自己。又不但从批评之中认识自己，还从批评之后，勉励自己。

婴儿学步，居然晃晃荡荡迈上两脚，"妈妈……看！"妈妈若不看或看了不加称赞，他便扑在地上打滚，嘤嘤啜泣。自此以后，他便入了批评的羁缰，受着批评的鞭策了，偏又不觉其为羁缰、为鞭策。他说话要听旁人的反响，他做事要看旁人的反应。他从旁人的话中，认识自己的话；从旁人的行为中，认识自己的行为。又从认识自己的话与行为之总和中，找到了他自己。换言之，他所以能认识他自己，是以旁人作个镜子。不过他自少至老，所照的并不只是一面镜子：幼时在家庭，父母是他的镜子；少时在学校，先生是他的镜子；长时入社会，朋友又是他的镜子。他的镜子可以放大到一乡一国，到世界，到往古，到来今，他的镜子随着他的人格放大而放大。然而，他总是有一面镜子。"藏之名山，传之其人。"也还有其理想中之"其人"是他的镜子。

批评既为他人对于同一事或物之另一种看法，则批评总是"他山之石，可以攻玉"的。然而常人之情，对于是我者则易于接受，对于非我者则易于拒绝。夫接受其是我者而拒绝其非我者，批评对于我便无益而有损——"满招损"也。有的人虚荣心既很大，自身批评的能力又很小。做一件事，说一句话，满心满意希望人家批评他——其实他希望的是称赞。无奈其话其事又恰恰与其希望相反，到处求批评、到处碰钉子之后，他便养成一种虚矫的自封。凡事又怕人批评，一遇批评就面红耳赤的辩护。辩护不胜，又从而躲避批评，凡有批评，一概不理。最后他且养成一种自暴自弃的自是心。他明知他未必是，却偏要自己说是。人家并未批评他，他先就自己辩护。碰到这种人，你一句招惹不得，批评反是害了他也。

能容纳旁人不同的意见是雅量，能使旁人尽言的是风度，至于取人之长补己之短的那简直是超脱，超脱才真能接受批评。固执自己的意见是不超脱，拘泥于旁人的批评也是不超脱。把自己的事一定看作不比旁人的事是不超脱。把旁人的话，一定看作不如自己的话也是不超脱。就事论事，总有合不合，不管是自己的事或是旁人的事；就话论话，总有对不对，也不管是自己的话或是旁人的话。事有以不合为合，合为不合；话有以不对为对，对为不对者，并不是事与话的本身容易混淆，使之混淆的是感情。感情起于爱护自己：爱护自己的话，便不能静气听旁人的话；爱护自己的事，便不能平心论旁人的事。我爱护我的事与话，旁人又何尝不爱护他的事与话？感情引起感情，分量增加分量。事的合不合，话的对不对，全不是那么一回事。感情吞噬了是非，湮没了批评。如是而真的批评，遂不为人间所有。

本来事不必为己，既为人，则人家应该有批评；话说给旁人听，旁人也应该有个爱听不爱听。若拿自己看旁人之事，听旁人之话的态度来看自己之事，听自己之话，必可原谅旁人看自己之事，听自己之话的态度了；若拿自己看自己之事、听自己之话的态度，去看旁人之事、听旁人之话，也必能原谅旁人之事与旁人之话了。自己的事与话，过后想起来，好笑的正多。

是今日的自己可以非笑昨日的自己；明日的自己又可以非笑今日的自己。这全在其间的一点距离。假使我们能把自己的事与话，与自己中间隔上一点距离，这便是超脱，这便是接受批评的一种态度。

书房的窗子

说也可怜，十四年抗战归来，卧房都租不到一间，何言书房？既无书房，又何从说到书房的窗子！

唉！先生，你别见笑，叫花子连做梦都在想吃肉，正为没得，才想得厉害，我不但想到书房，连书房里每一角落，我都布置好。今天又想到了我那书房的窗子。

说起窗子，那真是人类穴居之后一点灵机的闪耀才发明了它。它给你清风与明风，它给你晴日与碧空，它给你山光与水色，它给你安安静静地坐窗前，欣赏着宇宙的一切，一句话，它打通你与天然的界限。

但窗子的功用，虽是到处一样，而窗子的方向，却有各人的嗜好不同。陆放翁的"一窗晴日写黄庭"，大概指的是南窗，我不反对南窗的光朗与健康，特别在北方的冬天，南窗放进满屋的晴日，你随便拿一本书坐在窗下取暖，书页上的诗句全浸润在金色的光浪中，你书桌旁若有一盆蜡梅那就更好——以前在北平只值几毛钱一盆，高三四尺者亦不过一两元，蜡梅比红梅色雅而秀清，价钱并不比红梅贵多少。那么，就算有一盆蜡梅吧。蜡梅在阳光的照耀中荡漾着芬芳，把几枝疏脱的影子漫画在新洒扫的兰砖地上，如漆墨画。天知道，那是一种清居的享受。

东窗在初红里迎着朝暾，你起来开了格扇，放进一屋的清新。朝气洗涤了昨宵一梦的荒唐，使人精神清振，与宇宙万物一体更新。假使你窗外有一株古梅或是海棠，你可以看"朝日红妆"；有海，你可以看"海日生残夜"；一无所有，看朝霞的艳红，再不然，看想象中的邺宫，"晓日靓装千骑女，白樱桃下紫纶巾"。

"挂起西窗浪按天"这样的西窗，不独坡翁喜欢，我们谁都喜欢。然而西窗的风趣，正不止此，压山的红日徘徊于西窗之际，照出书房里一种透明的宁静。苍蝇的搓脚，微尘的轻游，都带些倦意了。人在一日的劳动后，带着微疲放下工作，舒适地坐下来吃一杯热茶，开窗西望，太阳已隐到山后了。田间小径上疏落地走着荷锄归来的农夫，隐约听到母牛哞哞地在唤着小犊同归。山色此时已由微红而深紫，而黝蓝。苍然暮色也渐渐笼上山脚的树林。西天上独有一缕镶着黄边的白云冉冉而行。

然而我独喜欢北窗。那就全是光的问题了。

说到光，我有一致偏向，就是不喜欢强烈的光而喜欢清淡的光，不喜欢敞开的光而喜欢隐约的光，不喜欢直接的光而喜欢反射的光，就拿日光来说吧，我不爱中午的骄阳，而爱"晨光之熹微"与夫落日的古红。纵使光度一样，也觉得一片平原的光海，总不及山阴水曲间光线的隐翳，或枝叶扶疏的树荫下光波的流动，至于反光更比直光来得委婉。"残夜水明楼"是那般清虚可爱，而"明清照积雪"使你感到满目清晖。

不错，特别是雪的反光。在太阳下是那样霸道，而在月光下却又这般温柔。其实，雪光在阴阴天宇下，也满有风趣。特别是新雪的早晨，你一醒来全不知道昨宵降了一夜的雪，只看从纸窗透进满室的虚白，便与平时不同，那白中透出银色的清晖，温润而匀净，使屋子里平添一番恬静的滋味，披衣起床且不看雪，先掏开那尚未睡醒的炉子，那屋里顿然煦暖。然后再从容揭开窗帘一看，满目皓洁，庭前的枝枝都压垂到地角上了，望望天，还是阴阴的，那就准知道这一天你的屋子会比平常更幽静。

至于拿月光与日光比，我当然更喜欢月光，在月光下，人是那般隐藏，天宇是那般的素净。现实的世界退缩了，想象的世界放大了。我们想象的放大，不也就是我们人格的放大？放大到感染一切时，整个的世界也因而富有情思了。"疏影横斜水清浅，暗香浮动月黄昏"比之"晴雪梅花"更为空灵，更为生动，"无情有恨何人见，月亮风清欲坠时"比之"枝头春意"更富深情与幽思；而"宿妆残粉未明天，每立昭阳花树边"也比"水晶廉下看梳头"更动人怜惜之情。

这里不只是光度的问题，而是光度影响了态度。强烈的光使我们一切看得清楚，却不必使我们想得明透，使我们有行动的愉悦，却不必使我们有沉思的因缘；使我像春草一般的向外发展，却不能使我们像夜合一般的向内收敛。强光太使我们与外物接近了，留不得一分想象的距离。而一切文艺的创造，绝不是一些外界事物的推拢，而是事物经过个性的熔冶，范铸出来的作物。强烈的光与一切强有力的东西一样，它压迫我们的个性。

以此，我便爱上了北窗。南窗的光强，固不必说；就是东窗和西窗也不如北窗。北窗放进的光是那般清淡而隐约，反射而不直接，说到反光，当然便到了"窗子以外"了，我不敢想象窗外有什么明湖或青山的反光，那太奢望了。我只希望北窗外有一带古老的粉墙。你说古老的粉墙？一点不错。最低限度地要老到透出点微黄的颜色；假如可能，古墙上生几片青翠的石斑。这墙不要去窗太近，太近则逼窄，使人心狭；也不要太远，太远便不成为窗子屏风；去窗一丈五尺左右便好。如此古墙上的光辉反射在窗下的书桌上，润泽而淡白，不带一分逼人的霸气。这种清光绝不会侵凌你的幽静，也不会扰乱你的运思。它与清晨太阳未出以前的天光，及太阳初下，夕露未滋，湖面上的水光同是一样的清幽。

　　假如，你嫌这样的光太朴素了些，那你就在墙边种上一行疏竹。有风，你可以欣赏它婆娑的舞容；有月，窗上迷离的竹影；有雨，它给你平添一番清凄；有雪，那素洁，那清劲，确是你清寂中的佳友。即使无月无风，无雨无雪，红日半墙，竹荫微动，掩映于你书桌上的清晖，泛出一片青翠，几纹波痕，那般的生动而空灵，你书桌上满写着清新的诗句，你坐在那儿，纵使不读书也"要得"。

邻　居

"风送幽香隔院花"，那的确是芳邻。

"绿杨楼外出秋千"，这又是艳邻。

然都还太着迹相。至于郎士元的"风吹声如隔霖霞，不知墙外是谁家。重门深锁无人知，疑有碧桃千树花"，那就有点近乎仙邻了。

近代城市的发展，聚居者尽是东西南北之人。东邻西舍，不相闻问，也就说不到择邻；小孩子的朋友是学校里的同班或同学，不是邻居，所以也说不到"里仁为美"。

然而，既是邻居，到底不同路人。虽平素不相往来，却不免时时声气相通。东邻的太太与老妈子吵架，你听到；西舍的太太骂孩子，你也听到。日里邻居的孩子们闹，夜里邻居的孩子们哭，你都不得安静。说是"声气相通"，的确一字不虚。

北平到底是个大城，广大的院落，粉白的高墙，确可以把每一家都隔成一个王国。然而，能隔开人，却隔不开声音，尤其是那越墙入户的无线电。

近代的发明，增进了人类的幸福，同时也添加了世界的声音。一切新的声音中，无线电最能影响邻居的治安。这传播整个世界的声音是铁舌，它拓开了人类的听域，也方便了谎话的流传；它宣达了美妙的音乐，也放射了嘈杂的繁音。怎样能使它老放音乐也好！可是你能管制你自己的趣味，却不能管制邻居的嗜好。这使我想起几次择邻的问题。

　　抗战前我住在北平——这座饱经忧患，听惯了一切声音的老城，卜居一个僻静的胡同。我喜欢那热闹城市中的冷静，繁华生活中的淡泊，所以房子倒在其次，僻静确是第一。得，我心满意足的住在人家都不肯住的一所荒老的古宅里，惹得朋友们担心慰问，说那房子闹鬼。不管它，反正我喜欢那几堆古石，一院荒冷。可是，你再也想不到，正当一个寂寞的黄昏，隔街传来卖麦芽糖的小铜锣的声音，那正是向晚人归的时候。而那儿的小锣声，传达来街市的寂静，行人的倦意，孩子们的欢欣。忽而，突然凌然，从西邻人家飞来一种吱吱哑哑的金属声，那是北平廉价出售的无线电。从此我就再无宁日了！那人家是北平的土著，自早至晚他们都沉醉在各种的"京调"中：早晨太阳刚上窗，他们放蹦蹦戏；下午夕阳半墙，他们放梆子腔；晚上放完北平的京戏再接上天津的大鼓。那吱哑的金属声日夜像在你脑子里磨，直弄得我搬了家。

　　这声音直把我从西城赶到北城。这次可好了，前院住的是朋友，西园是几亩荒园，后边是疯人院。除了有一次从后墙跳进一个疯子外，我管领着这一方的清幽。

　　一次生了病，在这寂静的环境中，就使生病也生得清闲，生得自在。我虽没有那幸福，借着生病从太太那骗几样好菜吃，可也得几日休闲。特别在下午，睡一小觉醒来，斜阳穿窗，满屋静静地浮着药香，斜倚床头，悄然地看那药冲子喷着缕缕白气，在一线金色日光中幻成虹彩，一种说不出的恬淡与沉静。

　　忽而，突然凌然，隔邻的无线电开放了，这次是来自东邻，又是那北平的贱货！那杂音充满了我的屋子，驱走了药香，赶走了沉静，涨塞了我的全身。我登时烦躁起来，翻来覆去都不是，勉强抓起书看也不成。我跳下地来，满屋乱转，好像被魔鬼追逐着一般。最后我真忍不住了，扑过去想一脚踢碎那药冲子，好像这样一来就会踢碎那魔声的专制似的。正在此时，忽然门外驴子大叫。先生，你听过那叫驴"噶……噶……噶……"的骄鸣吧？它竟能压住那无线电的声音呢，到底是有血有肉、有生命的声音，就是这声音救了我的药冲子，我从来不知道驴子叫起来这般雄壮而知趣。

抗战中萍踪浪迹的生涯，天南地北的流寓，尝尽邻居的酸甜苦辣。那时只有房子择人，更谈不到人择邻居了。而且与邻居不是比屋，而是同院。抗战后回到北平，满想租所房子，安静工作。可是稍为可住的房子，都被强有力者占领了，你只能住学校的公同宿舍。人家孩子吵闹是在你自己的院子里，人家的笑话是在你自己的屋子里。一切分不开，声音尤其是一家。你终日在杂音中游泳，在不断的声浪中挣扎着拯救你那将溺的抽想！

记不清在哪里看到一篇小说，写一位探险家漂流到一个海岛上。岛上的人招待他在一所公共宾馆里，那里住着科学家、文学家与艺术家。在他发现许多奇异的事物之外，他发现那里有一种惊人的肃静。不独在那所建筑中听不到一点点声音，就是在这建筑的周围几里之内也全是肃静。这是一种制度也是一种法令。肃静，的确是人生至上的尊严，在肃静中我们才能发现自己，才能认识人生。它是一切思想的源头，一切发明与创造的基本条件。

我们普通人不敢希望那种理想的环境，也不能像 M.PROUST "为求安静，把门窗都用软绒塞紧"，不让一点声音钻到屋里；更不能像尼采那样痛恨声音，想惩罚窗外的行人。不过，我们要求在社会行为上，每人都少来点侵扰旁人的声音，不为无理吧？我独奇怪我们那些"讲道德，说仁义"的书一大堆，从不曾注意到这个人生最基本、最需要的道德。对一个朋友说话竟像对大家演说，慢慢讨论一个问题却像吵架，一般地说起话来总是旁若无人的样子，更想不到声音会妨碍邻居的安宁。不，他从来就没想这问题！如是，不论你在家在外，在饭馆，在戏园，远邻近舍，到处是一片繁声的世界。它使人恶俗化与浮浅化，因为它不容你沉思。以后的无线电会更发达，而邻居的问题也更严重。我希望电台除了正当的宣传外，多放点美丽的音乐；而维持治安的警察也应当限卖那种贱货收音机。住宅区收音的时刻也似乎应当加以规定，这才真是警察的职务。

我们不敢希望什么"芳邻"或"艳邻"，只希望能有不扰害我们工作的"静邻"就够了。

拜　　年

你若喜欢拜年的话，管保你过瘾，拜了阳历的还有阴历的。你若讨厌的话，也管保你过瘾，一次刚过去，一次又来了。

我个人一点也不反对过阴历年，它背后有那样悠久的历史与丰富的回忆，比之那过继的阳历年自是大大不同。并且，政治的环境实在太苦闷了，大家能自动地感觉到几日的欢欣，这太难得了，谁还忍心去干涉人家。人民总算很乖了，替政府过个阳历年，这次为自己来个阴历年，情理也讲得过去。你只算它是春节好啦，如端阳节中秋节同样的。因此我想到拜年。

阴历确是农业社会的产物，严冬已过，春和将临，大家尽此快乐一番，灯节一过，要预备下田去，这在乡村生活上是一个很自然而又必要的节奏。乡村除了农忙，冬天尽多暇日，亲戚朋友在过年的时候，大家心境好，人情美，借此拜年访问，增进睦谊，实在又是很自然而又必要的事。可是把这风俗移到近代城市中，就有点橘过淮而化为枳了。这里便是农村社会的习惯与近代城市生活的不调和。

要拜年，第一得有此兴趣，我承认多数人是没有。第二被拜年者衷心欢迎，多数人却并不如此。第三得有此闲暇，多数人又没有了，既没有这些条件，而又偏偏要拜年，于是把这节糟蹋了，把人情浪费了，本是一件很自然的事变成勉强，一件愉快的事变成痛苦，而又不肯改掉，这不是虚伪是什么？

这虚伪早就如此，当我还是"应门之童"的时候，那时阴历年过得满有劲，大家确能感觉到这更始的欢欣，亲戚朋友都在这几天里有一次笑颜的往还，但已露出虚伪的踪象了。记得那时有不少的人，穿得衣冠齐楚，也有的坐在轿里，让一个听差的擎着大红帖子拜年，主人家总是客气地说挡驾，于是留下名帖而前进。有的主人并不到，只让听差的到处向门缝里悄悄塞进名帖去，主人还以为不知在什么时候失迎了。

本分一点的倒是商家，几乎每家门前挂个红纸盒子，上面写着"请投尊柬"。于是商店小伙计们各处穿梭似的下帖子。他们说价钱要谎，此处倒是"真实无欺"。

更彻底的是我那家乡中一位名士，他平常做事，总是与众不同，过年的时候在那贴着朱红春联大门旁边，榜上一张朱红纸条，上书"亲友贺年挡驾恕还"。那就是说，他并不要你留名片，也不预备回拜，旁人见了都说他怪。

事到如今，拜年的风气，还在无精打采地进行着。机关中的人员既在阳历年时有团拜，阴历年大可不必再多礼了，但唯恐礼貌有缺，同时又觉到理由不太充足，只好那么不明不白再拜一次。这真叫滑稽。

所谓礼节，本是人情之所不能已时一种节制，不让它宣泄得太过分。过分反倒不近人情了。这里，正是一个恰好的例子。我们偏偏把人情之至的事做得不近人情！结果不是主人吃不消，就是客人受了罪。好客的主人，敞开大门欢迎年客，于是他家里便像个年货铺，应接不暇。一连几天，把应当做的事都耽误了。另一种主人，多数的，老实不客气地给拜年的一服闭门羹，"不在家"。那拜年的出了比平常三倍的价钱把自己冻豆腐似的陈列在三轮上，赶到一家门口，手脚都冻僵了，却不得进去吃杯热茶，暖暖手脚，他就又那么赶去第二家吃闭门羹。

大家到底做些什么勾当，也是时候了，让我们好好想想，干脆摆脱那份虚伪吧！去掉虚伪，才见出真的人情之美。也只有那点真的才能给人一星光亮，一点乐趣。

一九四七年一月，北平

回忆"五四"

一

一条东西长街上站满了男男女女，老老少少，嚷嚷着要看"娶贤良女"。

"什么叫娶贤良女？"我正放午学回家，仰面问一个有山羊胡子的人。

"等会你就看见了，小孩子急什么！"他那山羊胡子随话掀动。

不久，耳边飘来一阵凄凄凉凉的喇叭声。迎面来了全副执事，吹鼓手，引着一乘蓝轿，轿内抬的是一个牌位，牌位上披着一幅青纱。接着又是一乘蓝轿，轿内却坐了个十七八岁的少女，惨凄的面容中只见她一双茫然失神的大眼睛，视而不见地呆呆向前望着。头上也披了一幅青纱。这整个的情景像出殡，连那当午的太阳都显得白惨惨的了。

跑回家问我的祖母。

"贤良女就是贤良女呗。"祖母一点也不感稀奇，不紧不慢地说，"你问娶媳妇，新郎在哪里？他死了，牌位就是新郎，嫁给牌位，就是贤良女……你张着嘴尽看我做什么？瞧你那个傻样子！"

"也难怪！"她停一会儿叹口气说，"年轻轻的姑娘，嫁了个牌位！说不定从来没见面呢。她得同那个牌位拜天地，还得一块入洞房，还得晚上陪着那个牌位……坐着……"

我感到脑后阴风习习了。从此就有一个面容惨淡的少女，深夜里坐在一个牌位旁边，闪着一双茫然失神的大眼睛，常常在我心里出现。

又一次，黄昏时候我出城，刚走近城门楼，耳边嘣的一声爆响，吓了我一跳。定神一看，一个撅着八字小胡，穿水手衣服的日本人正在打城楼上的鸽子。一枪不中，他又要放第二枪，那群鸽子已扑棱棱地飞开了。他叽里呱啦骂些我不懂的话，把枪往肩上一横，大踏步闯进城去，如入无人之境！我喘了一口粗气走出城来。"哦！那不是一只日本兵船？"它正耀武扬威地逼临着我们的海岸，像一个无赖骑在你脖子上，他还在你头上得意地龇着牙狞笑！

以上是"五四"以前我在家乡山东蓬莱小学、中学念书时碰到的事。当然，怪事还多得很，不过这两件我总忘不了。

二

旧日的北京大学，确是个古气沉沉的老大学。只是在 1916 年后，蔡元培先生来做校长，才带进了清新的空气。来自全国各地旧家庭的青年们，多少是受过老封建的压迫的，特别是在婚姻问题上。在学校接触到欧洲资产阶级的文化和思想，在蔡先生所倡导的自由学风下，对旧道德、旧文学嗅到了那股陈腐的气味！更重要的是：像春雷初动一般，《新青年》杂志惊醒了整个时代的青年。他们首先发现了自己是青年，又粗略地认识了自己的时代，再来看旧道德、旧文学，心中就生出了叛逆的种子。逐渐地以至于突然地，一些青年打碎了身上的枷锁，歌唱着冲出了封建的堡垒，确实感到自己是那时代的新青年了。当时在北大学生中曾出了《新潮》《国民》两个杂志，作为青年进军的旗帜，来与《新青年》相呼应。

新事物的生长是必然要经过与旧事物的斗争而后壮大起来的。五四运动前夕的北大，一面是新思想、新文学的苗圃，一面也是旧思想、旧文学的荒园。当时不独校内与校外有斗争，校内自身也有斗争；不独先生之间有斗争，学生之间也有斗争，先生与学生之间也还是有斗争。比较表示的最幼稚而露骨的倒是学生之间的斗争。有人在灯窗下把鼻子贴在《文选》上看李善的小字注，同时就有人在窗外高歌拜伦的诗。在屋子的一角上，有人在摇头晃脑，抑扬顿挫地念着桐城派古文，在另一角上是几个人在讨论着娜拉走出"傀儡之家"以后，她的生活怎么办？念古文的人对讨论者表示憎恶的神色，讨论者对念古文的人投以鄙视的眼光。前面说过学生中曾出了《新潮》与《国民》，但同时也出了与之相对立的《国故》。这三种杂志的重要人都出在我们"五四"那年毕业班的中文系。大家除了唇舌相讥，笔锋相对外，上班时冤家相见，分外眼明，大有不能两立之势。甚至有的怀里还揣着小刀子。

当时大多数的先生是站在旧的一面，尤其在中文系。在新文化运动前，黄侃先生教骈文，上班就骂散文；姚永朴老先生教散文，上班就骂骈文。新文化运动时，他们彼此不骂了，上班都骂白话文。俞平伯先生同我参加《新潮》杂志社，先生骂我们是叛徒。可是我们不怕作叛徒了，旧道德变成那个骗娶少女的死鬼牌位了！时代给我们一股新的劲儿，什么都不怕。辜鸿铭拖着辫子给我们上欧洲文学史。可是他哪里是讲文学史，上班就宣传他那保皇党的一套！他在上面讲，我们就在下面咬耳朵：

"他的皇帝同他的辫子一样，早就该斩草除根了！"

"把他的辫子同他的皇帝一块儿给送进古物陈列所去！"

在新旧的相激相荡中，一部分搞新文学的人们无批判地接受欧洲资产阶级的思想与文化，更无分别地排斥自家的旧的一切，这偏向产生了不良的后果，但在当时，这种矫枉过正，也使他们敢于自信，更有力地打击了敌人。新文学终于在斗争中成长起来，为五四运动奠定了基础，同时五四运动更充实了新文学的内容，给它以真正的生命。

三

在"五四"时，我们还认识不到帝国主义与封建统治的内在联系性。但我们粗略地从历史看出：没有内奸是引不进外寇的。袁世凯想做皇帝，才签了丧权辱国的"二十一条"，事实教导我们，把内奸与敌国联系起来了。当时的心情，恨内奸更甚于恨敌国，因为他们是中国人！

日本的"二十一条"像压在人民心上的一块大石头，总想掀掉它，青年们比谁都难忍受。一九一九年一月召开巴黎和会，中国提出取消"二十一条"及从战败国德国收回山东权利，这是中国人民的呼声也是正义的要求。四月底传来了巴黎和会拒绝我们的要求的消息，在青年心中烧起了怒火。五月三日晚间在北大第三院大礼堂召开各校代表大会，决定五月四日上午再开大会。

五月四日是个无风的晴天，却总觉得头上是一天风云。各校的队伍汇成五千多人的示威洪流，在青年们还是生平第一次参加这样声势浩荡的群众运动。这洪流首先卷向东交民巷，向帝国主义者示威。队伍中响起愤怒的口号，飘扬着各种的标语："中国是中国人的中国！""废除二十一条""惩办卖国贼""拒绝签字和约""收回山东权利"……这口号，这标语，都像从火山口里喷出的烈火，燃烧着每个青年的心。

　　大队到达东交民巷西口，帝国主义者在我们自己的土地上拒绝我们通过。洪流的怒潮就转向赵家楼卷进，卷向在"二十一条"上面签字的卖国贼曹汝霖的住宅。进了巷子，队伍挤了个水泄不通。

　　从我们的队伍自最开始出发，警察是始终跟在我们周围的。到了赵家楼，一些警察就集合起来，保护着曹家紧闭的大门。而重要的卖国贼曹汝霖、陆宗舆、章宗祥又恰好都在里面。群众的怒火是挡不住的，我们终于冲破了警察的包围，打进了大门。失算在于忘记堵住他的后门，学生前门进去，曹、陆二贼后门溜掉了。章宗祥逃跑不及，群众打了他个半死。搜索到下房，有人发现半桶煤油，就起了"烧这些杂种"的念头。

　　火发后大队就渐渐散去了。留在后面的被他们捕去了三十二人。当时还是无经验，若大家整队而入，整队而出，警察是捕不了人的。

四

　　五月七日被捕学生出狱，北京学生联合会，为便于继续奋斗起见，出了个《五七周刊》（"五七"也是日本在一九一五年为"二十一条"要求提出最后通牒的那一天）。它是一种小报形式，学生们在街头讲演时，可以随时分送给人的。记不清出到第二期还是第三期，就被警察扣留了。学生联合会派了四个人去警察总署办交涉，要求他们还我们的报。

　　警察总监吴炳湘又长又臭，夹软带硬地训了我们一顿，我们还是要他还我们的报。

　　"你们煽动军警造反！"我们知道这是因为学生在街头讲演时，也有军警站在人群中听，而且在最近周刊上有一篇《告军警书》。他们有些惴惴不安起来。我们还是要他还我们的报。

"怎么？"他的脸红涨得像灌肠。大叫："给我扣下！"我们就被押送到一间阴湿发霉的小屋子里去了。

苦闷的是与外面隔绝。要报看，他们不给；要谈话，他们不准。我们盼望能有同学来通个消息也好。后来知道同学确曾来过，他们不让见。我们放心不下的是外面的运动，要知道的是外面的消息。但我们被隔绝了！成天躺着，两眼望着那小小的纸窗，它透进了外面的光明，可是遮住了外面的一切！

望倦了，我闭上眼，"五四"前夜各校代表大会上发言的热烈，空前胜利的会师，大队卷向赵家楼的壮举…… 一幕幕在我眼前出现了。我翻了个身，放枪的日本水手，娶少女为妻的死鬼牌位，隐约中还有那警察总监涨怒的肿眼泡子，在我将入睡的蒙眬中，都迷迷离离，成为模糊一片了。

一个星期以后，我们被释放出来。运动在发展着，扩大着，街头上讲演的学生更多，听讲演的人群也更大了。我们当时，还不知道反帝反封建这个正确口号。可是"外争国权，内除国贼"的目标，实质上是反帝反封建的，也就表现了全国人民的要求。所以到"六三"运动时，上海各厂工人罢工，唐山、长辛店、沪宁路的铁路工人罢工，与学生运动汇成了洪流。上海及其他商埠商人也举行罢市。运动的队伍壮大了，已发展成为全国范围的革命运动了。

一个兵的家

六十多岁的一个老头子，带了一个十二三岁的小孙子，在路旁跪着讨钱。看见东洋车过来的时候，便望坐车的人叩头道：

"升官发财的老爷！可怜我们一个大吧！一辈子也忘不了老爷的好处！你老哪里省不了一个大！权当喂了你老的小狗吧！"

洋车风一般快，飕的一阵就过去了。他两个还在那里叩头叫老爷。

我从学校回到住所，不过百步的远近，路上总遇见许多讨钱的花子。这个老头和他的小孙子，又是我每天必见的。

一日好大的雪，黄昏时候，我从学校回来。雪片迎面吹来，我只顾低了头往前走。忽听路旁一种破碎的声音说道：

"爷爷，回去吧！今天讨不着钱了！"

又听得半断半续地回答道：

"回去？……吃……吃……什么？……"

我听了这凄惨的声音，好像有点耳熟似的，不禁抬头看去：正是我所常见的那个老头和他的小孙子在墙角下偎着，好像两堆雪在那里蠕蠕的动。那老头子的胡须眉毛，都挂着冰雪，脸上变了青紫的颜色，已经是不能行动了。他的小孙子赤着一只脚，踏在雪里，只是抖抖的颤，不住地向口中吸气。

我是从来不给他们钱的，此时见了这个情形，就不由得把手插到口袋里，掏了几个铜子给那小孩子，就问他道：

"你有家吗？"

"有的。"

"你家里还有什么人？"

"还有妈妈，两个姐姐。"

"没有爸爸吗？"

"爸爸当兵，去年打仗死了！只剩下我们了！"

"你们出来讨钱，她们在家里做什么呢？"

"妈妈换洋取灯，这两天没得本钱，不能出来。姐姐也是讨钱，下雪没有鞋子，也没出来。"

"她们不出来，有得吃吗？"

"没有！"

"天已黑了，你们还不回去？"

"爷爷走……走……不动……"

"你们在此过夜，岂不要冻死了吗？"

那个老头子听了这句话，便张了口要说什么，但是听不出来，只见他的嘴动。又抬抬手指那孩子，仿佛是叫他先回去的意思，那小孩子见了他这个样子，便吓得哭了。那老头子两个眼睛直瞪瞪地看他的小孙子，但是说不出话来。

忽听呜呜地大叫，好似怪兽一般的声音，一辆汽车，两旁站的四个兵，里面坐的一位军官，带风卷雪而来。那汽车前面的电灯，好像大虫的两个眼睛，放出两道冷飕飕的光线，照在那个老头子的脸上，现出青灰的脸色，直挺挺地靠在墙上，如鬼一般。

贞　女

一个晚秋的傍午，天上飞着几片轻淡的薄云，白色的日光射在一条风扫净的长街上。几家门首站了许多的女人孩子，在那里咕咕哝哝的谈论。风送过一阵很凄楚的喇叭声音。

"看，那边不是来了嘛！"一个人伸着脖子说。

迎头几对散乱不整的仪仗，接着一乘蓝呢轿子，轿里供的一座神主。后面又是一乘蓝呢轿，轿里坐的是一个十八九岁的女孩子，一身缟素衣裳，头上横罩一段青纱，两边垂到肩上。雪白的脸儿毫无血色，只有唇上一点淡红。木僵僵地坐着，眼珠儿也不动，好像泥塑的女神一般。

"这就是张家的'贞女'（女子未嫁而夫死，到夫家守节，称为贞女）。"一个女人指着后面那乘轿子，对着一位老太婆说。

"听说定亲几个月，男的就死了。她还没看见这个男的什么样呢！"

"唉！这样好模好样年轻轻的女孩子，她的父母怎么舍得教……"那个老太婆说着咳嗽起来了。

"妈，这是送殡的吗？"一个小孩子仰着脸问他母亲。

"瞎说，人家是迎亲的。"他母亲回答他。

"新女婿在哪里？"那个小孩子又问道。

"前面那个轿里的神主不是吗？"他母亲不耐烦地回答他。那个小孩子瞪着眼张着嘴又要说时，他母亲转了头和别人说话去了。他咕嘟着小嘴，低下头，咕哝道：

"那是个木头牌位。"

轿子到了一家大门首，一对长袍短褂的男人，扶出神主，又是一对素衣的女人，扶出新娘。神主在前，新娘在后，中间一段丈长的青纱系住了神主和她。凄切的细乐吹着，青毡毡上左面立着神主，右面立着新娘，并肩拜过天地、宗祠，又登堂同拜舅姑。又是神主在前，新娘在后，中间一段青纱，牵入洞房去了。

洞房的迎面放着一张供桌，桌上立着新郎的神主；一盏明灭的灯头，吐出青微微的焰光，射在神主上面。窗前一架铜床，床上一幅素衾，两个素绣的鸳枕。夜深了，四面都无人声，新娘阿娇坐在神主旁边的椅子上，呆呆的两眼望着床上。窗外的西风透纱而入，把个灯光吹得跳了两跳，一溜黑烟上冲，屋里现出一阵黑暗；接着，窗外的竹叶哗啦哗啦一阵响。

暮春的一日午后，新娘睡过午觉，顺步走到屋后的一个花园里。迎面的春风夹着花香吹来，肢体都觉松懈。柳絮遍地滚成球儿在脚下乱转。对对的蝴蝶儿从花间惊起，在面前翩翩飞过。她随手折了几枝柳条，坐在一块太湖石边，想要编个玩意儿。但是再也想不起来编什么好。抬头看见面前的几丛芍药，花已谢了一半，那些未落的花瓣儿在花萼上翩翩舞动，也大有不禁风吹之势。两个麻雀儿在成堆的落花上偎了个窝，映着将落的晚日，伸着翅膀，竖起颈上的毛，对着嘴儿咕咕相唤。噗咚的一声，一对松鼠从树枝上掉了下来。两个麻雀吓得啪啦一声，扇起几片落花，便飞去了。一对松鼠也叽叽地叫着跑了。她定了定神，才晓得自己手中的柳条折断了一地。站起来整整衣服，懒洋洋地走回房中。觉着脸上一阵发烧，站在镜子前照一照，脸上一块红，一块白，两颊上红晕的如花红一般。退几步一身坐在椅子上，对着那座神主呆呆地看。

　　晨起，日光满窗了，还不见她出来。丫头几次送脸水，总是关住门，里边也没有动静。丫头疑了，从窗外往里偷着一看，吓得舌头缩成一块说不出话来，一直跑到李太太房中，瞪着眼，半晌才说道："小奶奶吊死了！"

瑞　麦

　　大概是在民国十四年（1925年）吧。年代本没什么了不得的关系，不过也可用它来划分进化程序上的步骤罢了。且说在我们中华大民国所称为天下之中的哪一省的某县有一个李老头，在乡下种了几亩薄田同几方菜园，仅仅够养活他老婆子同一群五六个乌眼鸡似的孩子们。老头子是个再俭省没有的人，从来没穿过什么长袍短褂的，因为他觉着穿衣服只要一层就够了，穿好几件全是白费。严冬之下，也只穿一件长不及臀的小棉袄。有时风雪从硬板板的衣襟，钻到脊背去，所以李老头又不免费上了几根草，编条草绳缠在腰间。

　　这年四月一个下午，黄金色的晚日斜照在遍山遍野的麦田上，浅绿的麦穗刚从深绿的麦苗吐出来。麦田上捕食蚊蠓的燕子飞来飞去。李老头龟着腰正在麦田中一面寻找，一面拔去那些害苗的莠草。无意中看见一株麦苗上面秀出一双麦穗来。李老头心里一动，想起常听人家说是一棵麦上结了双穗，就叫作什么瑞麦，生了瑞麦，这一年的年景就会多收的。于是草也不拔了，一个人跑到树荫下坐下，拿出旱烟筒来。一面吃着烟，一面盘算道："今年共种了十二亩麦田，每亩多出两斗麦子，十二亩便是两石四斗。一石卖五十八串大钱，二五一十，二八一十六，四五二十，四八三十二，一共要多卖一百三十九串二。"李老头想到这一百三十九串二，眼睛都急红了。于是把心一横，一定要到张三麻子的小店里去吃上二两老白干。

　　李老头来到张三麻子的铺子里，看见对门王铜匠，隔壁俏皮王二，后街张大头，庙里教书的孙大学都在那里闲扯淡。李老头平常是最怕这般人的，不过现在心里想着这一百三十九串二，好似腰板也直起来，胆子也大起来，同不亲热的人也亲热起来了。他就笑吟吟地走到张三麻子的柜台前，从腰里掏出四个大铜板，向柜台上一掷，锴铃铃的大铜板在柜台上打转身，惹得俏皮王二，孙大学一般人都注意起来，心里都纳罕，从来没看见李老头舍得花四个大铜角子吃酒。俏皮王二对着旁人把舌头一伸，转向李老头道：

　　"李大爷，你别吃上酒瘾啊，这个年头，可不是好玩的。"

　　"一百三十九串二去八十，还有一百三十九串一百二十个大钱。"李老头咕哝着这样答。

　　"什么一百三十九串二？"俏皮王二这样问。

　　李老头二两白干下肚，格外高兴起来，便把麦田里看见双穗瑞麦的话都告诉他们了。后街的张大头听了，两个眼睛瞪得铜铃一般大，马上要拉了张老头一同去看看。大家一张罗，不久来了二三十个人，大家拉拉扯扯地推了张老头同去看瑞麦。众人你一嘴我一舌，把个瑞麦说得神秘起来了。孙大学一个人在陌头踱来踱去，像似计划军国大事的样子，最后跑了过来对李老头摇头摆尾的说些什么瑞麦是丰年之兆，百年不遇的事。又说此事必须禀明县太爷，向上奏闻一类的话。李老头还没听明白孙大学的话，大家就吵着公推孙大学替李老头作个禀帖上递县知事，孙大学点头称是。李老头虽不甚明白孙大学的话，猜想总是到县里请赏的意思。

　　孙大学的禀帖作好，第二天一早领了李老头到县署去投递。班房不肯递，花了两串钱的贿赂，禀帖才递上了。班房吩咐他们先回家去等着吧，县太爷高兴的时候，自然会有官差下乡传票的。孙大学尽了这样一个大义务，李老头自然要请他到馆子里吃顿饭的，如是又破费了八百个大。

过了几天之后，官差下乡传知李老头，说是县太爷后天要来拜瑞麦，要李老头打彩棚，预备香帛纸马，等等。李老头听了，如接到上谕一般，连滚带爬地跑去找了棚匠。彩棚扎在哪里呢？四边都是旁人的麦田，并且隔着瑞麦太远，自然是不便打棚的，于是彩棚只好扎在李老汉麦田里。把一根一根青青未熟的麦苗拔丢了大半亩。李老头好不难过，每拔一根，比拔去他的一个指头还要痛些。

县太爷下乡拜瑞麦来了。两班轿夫抬着，二十名卫队导着，三班六房跟着，前有顶马，后有追随，好不威风热闹。乡下看的人如山如海，都扑着李老头的麦田而来。县太爷焚罢香纸，拜罢瑞麦，传命用膳。卫队轿夫一切人等都趁此工夫用饭。饭后县太爷上了轿，卫队班房前呼后拥地去了。

李老头备办官差共用去大钱如下：轿夫两班八名，每人讨钱两串；卫队二十名，每人讨钱一串；三班六房共讨钱四十串，县太爷一餐三十串，其余一切人等共饭钱二十串，茶水香纸杂费十三串二。彩棚是官差不计外，共花去大钱一百三十九串二。再看看自己的十二亩青青的麦苗，除了拔去一部分外，其余的人践马食，全成了断茎绝枝，东倒西歪地平铺在地上，只有那一根瑞麦直挺挺地站在十二亩大田中间。

李老头一时着急，就用了三分重利从王铜匠借了这笔钱。可巧这民国十四年中国中部数省苦旱，米珠薪桂，李老头更是不得了。到了冬天大雪天，还穿着长不及臀的小棉袄，一个人满山乱跑。口里咕哝着："二五一十，二八一十六……一百三十九串二。"

阿兰的母亲

张无遗死去的时候，他的夫人哭了个死去活来。死，她在那乍然感到生活的孤单的那一忽，本也无所顾惜的。不过，赶她活过来的时候，看见她的三岁失父的幼女阿兰，抱住她的脖子哭叫妈妈；阿兰见妈妈醒转了过来，她那天真的一笑，穿过泪光直射到她娘的心窝里，像似一个花种，在她娘的心里渐渐地开了花，心房里充满了生气，她娘寻死的念头，就像春水的冰衣，被东风一吹，全吹融化了。阿兰渐渐长大，母亲的生活也渐渐有了兴趣。阿兰穿了好衣，暖在母亲身上；阿兰吃了好饭，味在母亲口里；阿兰哭，哭的是母亲的眼泪；阿兰笑，笑的是母亲的开心。为了阿兰，母亲有了生活的欲望、勇气与兴趣。

阿兰离不开母亲，母亲离不开阿兰。母亲缝纫，阿兰在一旁理线。母亲捣衣，阿兰在一旁折叠。夜间，母亲教教阿兰读书，虽在冬天，也就不十分觉得夜长了。

阿兰初到学校去读书，母亲头几天就害愁，好像要一别几年似的。阿兰刚出了门，房子里便觉得太空阔了。一切的家具，都显得太冷静了。阿兰为学校远，定的是在校里吃饭的。但是去了不到一点钟，母亲便跑到街上两次去探望，埋怨学校散学太晚了。阿兰回来的时候，母亲像找到了失掉的宝贝，迎上去抱着，口里老说"孩子瘦了"。

这样地过了几年，阿兰已经十四岁了。有一次初春的时候，阿兰从学校回来，身上有点发烧。母亲坐在半院的斜阳里拆衣服，看见阿兰的两腮红红的，过去摸摸她的头。阿兰头上的热，直烧痛了母亲的心。母亲整整有三晚没睡觉，眼包着泪，在一盏孤灯下，望着阿兰出神；想起她父亲活着的日子，想起她父亲临死的情形，想到若是阿兰有个好歹，那可……不敢想了。

　　幸而阿兰的病好了，母亲自己才觉得有些疲倦，又留阿兰在家里保养了几日。到了那一天，就是中国改了共和政体后第十五个年头的三月十八那一天，阿兰一定要到学校去。母亲原想不让她去，后来又觉那日天气倒好，阿兰的身体早已复原了，过分耽误了学校的功课也不好，所以就由她去了。可巧那天，各界为反对八国对大沽口事的最后通牒，结队到执政府去请愿，阿兰也随着学校的队伍去了。在执政府的卫队屠杀民众的时候，阿兰就像一只怯弱的小绵羊，竟被屠杀了。

　　阿兰学校的先生马太太，当卫队开枪的时候，先把身子倒下去，所以没有死；赶到枪声止后，她从死尸堆子里爬出来的时候，看见了阿兰的尸首。她与阿兰的母亲是熟识的，况且阿兰的死，学校的先生是应当到家中去报告的，所以她就一直跑到阿兰的家里来。

　　阿兰的先生走进阿兰家里的时候，阿兰的母亲正在房里，低头给她女儿做夹衣。一见马太太进来就急忙放下手里的衣裳，让了座，问马太太道："你从学校里来吗？"

　　"不是。"马太太刚答了这一句，阿兰的母亲便接着说："怪不得你没同阿兰一块儿回来呢。现在方三点一刻，还有一忽儿才能回来。"又指着刚放在椅子上做了一半的一件品蓝彰缎的夹袄说："天气渐渐暖了，我这里正在替她做件夹衣裳。这是我旧时的衣服改的。这个颜色，阿兰穿了一定秀气。你晓得，蓝色，尤其是品蓝，是不容易穿的。非要脸皮白嫩些，是压不住这蓝色的清鲜的。这个长短，正够给她做个旗袍用的。再住两年，就嫌短了。你看，那一件，"她说着又指一件石榴红湖绉的旧衣料。

"但是……"马太太插嘴说。

"但是颜色太不时兴了，是不是？"阿兰的母亲抢去说，"现在人家都穿印度红的了。我想把那个给她做里面的小衣吧。等她回来，就给她试试看。"说着她看看钟，"哦，快回来了。我去给她把药煨上，等她回来好吃。"说着她也顾不得马太太，就跑到厨房去了。

马太太等了这一歇，想找个机会告诉她。谁想她只一心一意地在她女儿身上，连客都顾不得招呼。又想她的女儿已经死在那儿，她还在这里替她做衣裳，一件一件的品评颜色呢！若是她知道她女儿死了，她的心里不知怎样的难过啦！想到这里，马太太真有点为难了。但是，不告诉她又不行，还是等她回来，狠狠心说了吧。不敢看她那难过的样子，哪怕说完了就跑也好。

马太太正在那儿乱想，阿兰的母亲又走进来了。马太太本来除了报死信以外，没有旁的话好说。看了阿兰的母亲一回，刚要开口，阿兰的母亲先叹了口气道："咳，阿兰前几天病了，把我吓个死。阿弥陀佛，她现在好了。我怕她病根不清，所以现在还要她吃药。你知道，她父亲死后，我只有她是个指望。她父亲死的时候，若没有她，我恐怕也活不到现在了！说起来不怕你笑话，她一离开我，我的心就像没有主似的，她上学回来晚一点，我的心就七上八下地跳。"她又望着桌子上的钟皱眉说："时候到了，怎么还不见回来呢。"忽又转愁为笑道："想是这几天在家里没有人同她玩，闷很了，散学后，和同学们玩玩再回来也好，我不过瞎担心就是了。"说着她又跑到书桌子前，整理一整理阿兰的书，擦一擦墨水瓶，拍打拍打坐垫子，像似知道阿兰立刻就要回来的样子。

马太太的嘴唇动了几次，都颤颤着停住了。忽然一点眼泪滚到她的眼边上，她急忙转过头去，在嗓子里说一声"再见"，一踏步就出来了……

小妹妹的纳闷

"索性多躺一会儿吧。昨天晚上有点失眠，好在今天是星期天。"秀倩在床上辗转着想。窗外树头的麻雀已经叽喳叽喳的欢迎那清秋的曦光了。她又懒懒地向外翻个腰身，无意中看见床前的那盆浅紫的菊花，昨天还开得鼎盛哪，今朝已经有几个花瓣厌厌地下垂了。好像一个病人低头沉默地站在那儿，伤感自己的憔悴一般。秀倩望着，正不知自己心里要想的是什么，忽然小妹妹从套间里撞了出来，嚷道：

"姐姐，姐姐，你快起来赶，咱的大黑猫捉了个麻雀，要吃它。"

"在哪里？"秀倩一面问，一面急的披衣裳。

"钻在我的床底下。"小妹妹回答。

秀倩下了床，两个人关上了门，用竿子赶了半天，那猫才松了口，放下麻雀自己跑了。小妹妹抢着拾起来放在姐姐手里，自己张着嘴皱了眉在一旁看。那小雀在秀倩手里屈了腿仰着，嘴还一张一张得像似发渴。秀倩见它的肚子上咬破了两个牙印，鲜血渍濡了肚子上的毛，就用个盒子，下面垫上点棉花，把小雀放在上面，搁在妆台上让它慢慢地苏醒去。自己洗了脸，对立镜子梳头。梳过把梳子放在妆台上去挽发。看见梳上挂着不少的褪落的头发，不觉地伸出手，把梳拿过来，像舍不得似的去一根一根的理那梳上挂的头发，此时窗上筛满了树影，屋子内充满了一种清秋寂寥的味道。昨日在人家晚饭席上无意中听到的那几句话，现在又无意中窜上心头来了。

他们谈论到一位旧日的朋友张子望的事情，说他头三年本是在失望中，自甘沉沦似的，跑到南京去，胡乱地找了个女人结了婚，结婚后他老是犯神经病一般的发牢骚。现在越发厉害了，医生说恐怕他不久会发疯。大家谈起，都很可惜这个人。她听旁人这样讲，自己也不好意思去追问。回家后总想把这件事情忘了，权作没有听到一般。她懒懒地又拿起梳来，无精打采地挽起了头发，自己却又对着镜子痴坐。小妹妹进来叫她用早点，她倒吓了一跳。跟着小妹妹来到饭堂里，见妈妈同二弟都已在那里吃着了。秀倩问道：

"爸爸呢？"

"昨夜回来得晚，还在睡觉呢。"金太太回答。

大家无言地吃了一回饭，金太太忽问秀倩道：

"你学校的薪水，应该领了吧？"

秀倩摇了摇头。二弟在一旁插口道：

"我们学校的先生都要罢课啦，说是一个钱也拿不到。"

又停了一回，秀倩问她母亲道：

"不是前天还有二十块钱吗？"

"我算计你该领到薪水，那个钱我昨天还了白太太的账了。"

"又是几时输的账？"秀倩问。

金太太只低了头吃饭不作声。又停一回，金太太问秀倩说："昨天我在白老爷家里，他的姨太太说是今天下午要找你到他们家里去玩玩。"

"小妹妹，你前天买的那本《小朋友》看完了吗？"秀倩转过头对她小妹妹说话。

大家这样闷闷地吃过早饭，秀倩想起来还有学生的几本英文卷子要改，明天是星期一，应该发还他们了。便走到自己房里的书桌前，低下头去看卷子，可是一本还没改完，心里又不知想到哪里去了。好歹挨过吃午饭，心想一定出门找个清静地方散散步去。谁想刚吃了饭，那位白家的姨太太，架着深蓝的眼镜，带着粉红的手套子，从外面蹀了进来，一定要秀倩到他们家里去玩玩。说什么有位李司长，还有位钱旅长的兄弟，今天下午要到他们家里去打牌。秀倩只说昨儿夜里没睡好，今天有些头痛，不能去。那位姨太太缠了半天，才同着金太太一同走了。秀倩在窗下坐了一会儿，起身来到镜子前拢一拢头发，换件绒里子的厚衣。又吩咐声张妈，小妹妹醒后，别让她在院子风地里久坐。自己才出了门。停在门口的车子问"哪儿"，她信口说"中央公园"。下车后她信步走进园门。她本不喜欢这种热闹的地方，好在是深秋的时候，园子里并没有几个人影儿。她顺着脚在那树下走，秋日下午的太阳斜穿过冷翠的老柏，在地上布满一片一片的金色日光。她走一回乍一抬头，看见一带半黄的垂柳，背衬着一段古城，才知道是走到公园的后身，靠近紫禁城下的御河了。她忽然想起自从前四年的一个下午同张子望在这里散步后，自己从没一个人到这边走过。转想还是到旁的地方去散步好，那身子却又不自觉地坐到临河的一张椅子上。她出神似的望那河上浮着的一片片秋柳的落叶。浮叶开处，河水清澈见底，照出天上的行云，潋漾着水下城堞的影子缓缓地飞。

　　前四年的旧事，仿佛禁不住又来心里走回路；那时的她才从大学毕业，年纪不过二十四岁，跳跳跑跑，爱说爱笑，看去还是一个意气发扬的青年女学生，许多人连张子望也说她简直像一个中学校小女孩子，同现在比起来直是两个人了。那天同张子望来这里散步的辰光，自己那种假痴假呆的娇态，若有情若无情的谈话，现在想起来都觉得很有意思，怪不得他第二天回家托人向家里提亲。

"本来是一个教书的人，又不是做官，有一个家庭负担已很够，哪能再加一个呢？"她想着长长叹了口气，觉得母亲对媒人提出订婚条件供给她全家并儿女教育费真是有些过分了。接着又想到昨晚席上听的话，忽觉得通身都不舒服，好像闷在一个人太多空气不足的大厅里呼吸窒塞得难过，头目都有些昏眩的样子，她知道这毛病要犯起来，虽然不是病，却也要有好几天头痛，所以赶紧按住了念头，站起身来想回家去。这时黯淡夕阳的影子已过老柏树的顶，柏树林里一阵阵冷风袭人衣袖。

她回家后，已快是上灯的时候，等了一会儿母亲还没回来，就同小妹妹两个人吃饭，因为父亲总是不在家吃饭的，二弟是在中学寄宿，只有星期天早饭午饭在家吃的。饭后小妹妹想起那只受伤的麻雀，两个人揭开看时，那麻雀已经是没有活的希望，眼半睁着，身体已僵冷大半了。秀倩把它放下，叹口气道："它倒死得这么容易！"

秀信又随便拿了一本书，坐在灯下的一张软椅子上，敞开书本放在膝上，对了书望着。小妹妹对着她姐姐坐在一个小几子上。此时屋子里静悄悄的，只听窗外的西风，微微地吹动地上的落叶响。小妹妹呆望了她姐姐一回，忽地问道："姐姐，你为什么哭？"

"谁哭来？"秀倩忽转醒过来，对她小妹妹辩。

小妹妹跑了过来，仰望着她姐姐的脸道："姐姐，你是不是心痛那只小雀儿？"

秀倩摸着小妹妹的头说："好妹妹，你去把你那本国文第三册拿来温一温，看都忘了没有？"

　　小妹妹跑到套间里去找到那本国文。回头的时候，看见姐姐在那书桌上看英文卷子。小妹妹坐在书桌头上去温习国文。秀倩看了一回卷子，听窗外的西风渐渐地猛起来，吹得窗都呼呼地响，想起来二弟弟的衣裳不够，今年冬天得添一件外套才好。又随手拿出家里的日用账来看。小妹妹温了一回书，忽抬头问她姐姐道："姐姐，那只小雀死了，明天埋在院子里吧，别叫黑猫吃了。"秀倩头也不抬，只在嗓子里答应了"嗯"。

　　小妹妹看她姐姐又像平时很正经地在那儿看账，对于她的话睬也不睬，心里纳闷道："姐姐刚才心疼那只小雀儿，还哭来，怎么转眼又像似忘记了！"

济 南 城 上

"你知道吧？倭奴要强占济南城！"皖生自外面回到公寓，报告他弟弟湘生说。

"国军施行抵御？"弟弟怀疑中国的军人。

"那自然！"哥哥像军人表示人格。

"城里的兵力不够？"弟弟又怀疑中国军人的能力。

"早晚是要落倭奴手里的！不过我们不能不抵御，纵使我们力量屈服了，我们的精神也是不能屈服的。"哥哥说了把头向后一仰，用手理头发。

"听说倭奴昨天又开来五千兵。"弟弟又在怀疑众寡不敌。

"你听，倭奴在开炮了！"哥哥在地上走来走去的。"战争并不全靠军队多少，只要人民肯努力，平均两个人中有一个加入，哪怕……"

擘的一声，是弟弟手中的铅笔断了。哥哥停住了，在怀疑地视着弟弟。

默了一会儿，哥哥问弟弟道："你这几天写信给妈妈没有？"

"没。"弟弟摇摇头说，"这几天胶济路就不通了，写信也写不出来。"

"妈妈不见信，更要着急！这一个学期没有希望了，你能早点回家也好。……你知道，自从爸爸死后，妈妈……总要有一人养活。……并且我们有一个人加入，也就……"

哥哥停住了，弟弟又在怀疑地望着哥哥。

哥哥分明是把话说多了，在地上转了两转，坐到书桌前，拿本书装着看。

　　此时城外是一片的炮声，城里是一片的哭声。

　　弟弟在抽屉中拿出个相片，望了哥哥一会儿，犹疑叫道：

　　"大哥。"

　　"嗯？"

　　"你喜欢络丝吧？"眼不敢望他哥哥，只望相片。

　　"是个有性情的女孩子。"哥哥看着弟弟在看相片。"你爱她吗？"

弟弟望着哥哥。

　　"我爱她做个妹妹。"哥哥开玩笑了。

　　弟弟的脸红了，半晌不响。

　　"怎么啦！"哥哥在怜惜他。

　　"她说她很喜欢你。"弟弟打过了难关。

　　"许多的女孩子喜欢我——做个哥哥。"哥哥说着笑了。

　　"大哥。"

　　"嗯？"

　　"大哥。"

　　"我正在听着。"

　　"假若……"弟弟的眼光不知向哪里放才好。"假若有个人爱你，你

也爱她，那你有权利不管她，自己去……"

　　哥哥的视线把弟弟的话割断了。"那自然没有。因为好比，假若一个

人死了，等于死两个，那在经济学上是不经济。"哥哥的话，似乎是随便

的样子。

　　"假若她允许你？"

"允许你什么！"哥哥的话跳了出来。

"我说，"弟弟在嗫嚅，"假若有一种事情比爱情还重要，她允许你为那种重要的事情去……"

"湘生！"哥哥的眼光由怀疑变为担忧地望着弟弟。

"你去看看络丝吧。"哥哥对弟弟很和易地说。"她们母女两个人，不知吓得什么样子了！"

弟弟不言语。

"去？她在盼望你呢！"哥哥有点游说。

弟弟又想了一会儿，点点头，脸上露出笑了。

五分钟后，听着炮声松些，弟弟往外走。哥哥拉了他的手道："弟弟！"这是他不常用的称呼。弟弟的目光对着他的。"再见。"他半晌只说了这个。

这使弟弟的眼光又在担忧地望着哥哥。

"大哥，你今晚不出去，在家里写信给母亲。"

哥哥点点头，弟弟去了。这是在下午的时候。

黄昏以后，城外的炮声紧起来，城里的哭声高起来。快到半夜的时候，城外的炮愈近了，城里还击的声音愈少了。皖生在地上踱来踱去，又想着他弟弟在络丝家里，"愿他们安全吧。"他在默祝。去到衣柜里找出身运动的衣服换上，裹紧了鞋带，锁上门，他出至街上来了。

下弦的月，惨白地挂在东方。几条黑云围住了像要吞噬它。空中流弹乱飞，耳边的哭声四起。

他记得有一条路，去西城近些。刚转过墙角，一个炮弹呼呼地从头上飞过，崩的一声，正打在一家墙壁上；接着是哗啦哗啦墙屋倾塌的声音；

又接着是一阵骇怪的叫哭，就再一点声息也没有了！

他又转了几条街，看见有一片屋子正在着火，一大群男女老少拖着拉着哭着叫着满街乱窜，不知向哪里躲藏才好。忽地又是一个炮弹落了下来，一声炸裂，一片狂嚎，几处呻吟——那临死最后的呻吟！皖生把眼一闭，急急往前紧走几步。忽地脚下一绊，几乎把他绊倒。他往下一看，月色正照在一个女尸身上，血肉模糊地一条腿炸丢了，还有一个不满周岁的孩子爬在尸身的胸上，在吃奶。

他至城墙的脚下，月色已全从乌云中流出，他看见城墙内面土坡子上已积了不少兵的尸体，有的还在尸堆里呻吟。他在地上捡起一支枪，又在尸体上解下子弹盒子，龟了腰爬上去。刚到城堞的时候，又一个死尸滚下来，恰巧把他绊了一跤。他爬起来，跑上城堞，四边望望，见一段十几丈长的地方没有兵了。他伸了头向城外看看，嗖的一声，一个枪弹掠着他的耳唇飞过去。他急忙缩回头来，闪开五六个城垛再探头望望，借着月色看见城下有几十个倭奴想在那段空虚的地方爬城。他们架肩而上，皖生瞄准下层的一个，开了一枪。这恰巧叫他打中了，下层一倒，上层都滚在城壕里。

但不久他们又都靠拢上来。皖生又开了两枪，一枪命中了一个，一枪打个空。

他心里正在看了着急，忽听背后有人问道："你是什么人？"

"便衣队。"皖生信口答。

转回头来看见来了十几个兵，他指给他们看城下的倭奴。

"妈妈的，做这舅子。"他们说着打下一排枪去。打中了两三个，其余的倭奴退藏在麦田里。好久没有动静，他们以为倭奴退了，大意的靠近城垛口往外望。忽然对面一片火光，轰的一声，一个炮弹扫去了一个城垛，炮花四裂，城上的人死伤了一多半。大家急忙闪开，接着又打来了一炮，这一炮打了个空。

停了不到十分钟，十几个倭奴又拢到城下来。城上又打下去一排子弹，他们又都退伏在麦田里。

如此相持了几分钟，城上的几个人只剩下皖生与另一个兵了，皖生左臂也受了伤，他用手巾缠着。

东方渐已放白，敌兵集中攻东北城，西城渐渐松了。皖生从裤袋掏出了一包烟来，让那个兵道："抽烟？"

两个人背着城垛坐下来，望到全城千百处炮打的伤痕，朝雾笼罩着悲惨。

"不然，我们现在到了德州。"皖生说。

"他妈的，这一晚打死不少的弟兄们！"兵说了用力抽了一口烟。"我们还够再打一天的？"皖生在盼望。

那个兵摇摇头。袋子里掏出个馒头，让皖生道："吃点？"皖生摇摇头，又拿出支烟来充饥。

"老乡，你的样子不像个当兵的。"兵在吃着馒头端详他。

"样子不像不管，打仗像不像吧？"皖生笑着问他。

"像！没见过你这样好家伙！"兵有点崇拜他。

兵的肚子得到安慰，嘴里的话就多起来。"喂，这次帮忙的真多啦。昨天下午我们在南城，有一个学生来帮我们。好家伙，打的泼辣极了！可惜，他不懂得躲藏，不久就受伤了。"

"你说昨天下午？"皖生问。

"不错。"

"什么样子？"

"比你矮不多，长得真有点像你。"兵打量打量皖生的眼睛。

皖生手里的半截烟落了地。

"穿的蓝色学生制服？"他急着问。

"不错。"

"伤得重不重？"他张了口望答复。"左肩窝，有人救也许不至死。嘻，我们哪里顾得！他倒下去嘴里还叫妈妈，我们都笑他要吃奶。"

皖生忽地站了起来。

"要回家？"兵问。

"不。去南城。"

"救人？"

"我的兄弟。"他说了就往南走。

"哎！"兵有点叹息。

此时东北城的炮火忽然紧起来。城上的呐喊，城里的哭声，一时高涨。炮火像已逼压到城根。

皖生的脸转过来，对着东北城呆呆地望。耳边只听见那个兵说道："完了完了！东北城的人不够，我去。"

皖生看着那个兵站起身，肩了枪，就向东北城走。"站住！"皖生喊。

兵回头见他不往南走，只是呆呆地站着望东北城。

"什么事？"兵问。

他不言语，还是呆呆地站住。

"我去啦。"兵讲。

"我同你一块去。"

"你的兄弟呢？你不去救他？"

皖生摇摇头，用袖子擦一擦眼泪，同那个兵一齐向东北城炮火正浓的地方跑去。

抛　　锚

正是春天放流时节。

长春岛的南岸沙滩上一片笑语，穿红裤子的女人与穿鳗鱼头式红花鞋的小儿坐在太阳中补网，彼此讲着荒岛中鱼精的故事。海上渔歌杂起，远近相和，缠绵的低歇的落于海水。

当夕阳把沙滩镀以黄金之色，拍岸的涛声渐起，空洞而悲壮的晚潮声淹没了她们的笑语，打动了她们的家室之思，怅然望着海上的舟子，心里在怨他"还不归来"。在她们的怅望中，海上荡来了一只只的渔船，帆上挂着夕阳的古红，在水面一层亮蓝的夕雾中缓缓而归。

不久便见沿岸排满了渔船，峭立的桅杆接连数里，随着微浪动摇，如一带因风参差的枯树林。在一片扰攘声中，女人们，孩子们，鱼贩子们，各携着鱼篮鱼筐，一窝蜂似的挤到船上拾鱼。彼此骂着花样翻新的巧语，一面取笑，一面择嫩皮细肉的黄花鱼，娇小玲珑的红娘子；文采辉煌，绅士的大头鱼；颟顸纵横，土豪式的台巴鱼；守死善道，极不摩登的比目鱼；贼头贼脑，不可捉摸的青鳝鱼；还有歪着秃尾巴的河豚与张着大嘴怅望的罐口。

于此时，穆三敞着怀，露出胸前紫棠色的横肉，扒开众人，只一跳便上了李二的船头。他并不搭话，一直走进舱里拾鱼。

李二过去，一把抓住穆三的胳膊道："还了账，再拾鱼。"

"再赊一担，下次一齐还。"穆三眼也不瞧李二的这么说。

"不行！"李二表示决绝。

"不行？"穆三挺起身来瞪着李二。

"说不行就不行，大天白日你敢抢？"李二也瞪眼。

"好小子，你敢下船来？"穆三跳在岸上骂阵。

"下船就下船，你敢把老子怎么样！"李二也随着跳下来。

咚，穆三一个窝心拳，把李二送出五尺以外。李二向后晃了两步，终于站不住脚，倒了下去。

人们听到打架，都围上来看热闹。在岛上看打架，本只如在城中看斗鸡一样。

在未看得尽兴时，谁也不肯上前拉开。李二爬起来，在众人面前，好生羞愧。猛抢过去，向穆三头上泰山压顶的一拳，穆三不慌不忙，举手架开。同时李二的左脚已向穆三肋下飞去，穆三退后半步，右手抄到李二左脚跟，用力一提，崩的一声，李二闹了个蛤蟆朝天。

李二再爬起来，已是慌了手脚。索性一头向穆三的肚子上撞去。穆三又只一闪，李二便撞个空，收不住脚，向前跟跄着。穆三趁势在他屁股上飞起一脚，扑，李二又闹个母猪拱地。

穆三哼了一声，不屑再斗的转身走开。"赊一担。"他又跳上王五的船。

"赊一担就赊一担，谁叫咱们是街坊。"王五是好汉不吃眼前亏。

昏黑自远海袭来岛上时，海岸人散了，只余下一片潺潺的潮声打着寂静的沙与石。远而悠扬的是街巷中卖鱼的声音，鱼担子上的风灯，熠烁如鬼火一般，在静巷中幽幽地走。

梆子敲着二更，穆三担子里的鱼已变成腰包中的钱。他满身带着鱼腥气息，去敲何二姑的门。沉雄厚重的木板声惊动了四邻的犬吠，自近而远，遍于全岛。然而里面是寂然。他发作了，门擂得鼓响，口里骂道："这早就停尸，再不快点，老子给你踹下这两扇 × 门！"

"谁呀？这早晚来惊动老娘的觉！"何二姑掩着怀在门里问。

"你老子，快点开，别他妈扭扭捏捏的，装腔作势！"

"哟，俺当是谁，原来是俬这黑小子。俬来得正好，老娘睡不着，正想俬呢。"何二姑一面开门一面说。

穆三一进门，暗中似看见墙角边一个黑影转过去。他跄步追去，一转角又不见了。

"呀！俬干吗像捉妖似的！"何二姑叫道。"难道俺这里除了俬还有鬼敢来吗？"

穆三咕哝着进了房，见炕上被褥凌乱，枕头压扁在炕中间。他把身子往炕上一仰，咬牙骂道："你这婊子，敢保又招了孤老！几时碰在老子手里，我剥他的皮！"

何二姑蓬松着云鬓，酥胸半掩的露出大红肚兜来。坐在炕沿上半嗔半笑地说；

"我的黑儿，俬在哪里灌多了黄汤，张别古进城隍庙，见神见鬼的。俬冤枉了好人，也不怕雷打俬！"

"好人！"穆三冷笑道，"你狐狸变新娘，尾巴没处藏。我告你说吧，几时惹起咱老子来，杀一个是偿命，杀两个也是偿命！"

何二姑从炕上蓦地蹦起来道："自从俬来后，鬼都不敢来。俺这里成了尼姑庵啦！俬不来，俺孤庙守青灯！"她说着伤心哭起来。"俬动不动要杀要砍的，俺是尼姑嫁罗汉，难道还得为哪一个守节吗？俤要杀就杀，来，俤杀给俺看！"说着她一头碰到穆三身上。"哎哟！俤这个死砍头的，哪里抢来人家的钱，把老娘的头碰个大疙瘩！"她碰在穆三的钱袋上了。提起衣襟擦擦泪，她笑了。

"俺替俤数数有多少。"何二姑从穆三腰里卸下钱袋子，站在桌边一盏昏黄的煤油灯下，一五一十的数。

"有了钱，你就不哭了，你妈的。"穆三在炕上翻个身，有点得意。

"俤这是三吊六百五，还有两个假铜子。"何二姑把钱数完了。

"我那是五吊多，你一经手就短数！"穆三说。

"哎哟，息嘛三吊五，反正我明天要割条裤子，这些还不够。"

"你穿裤子是瞎子点灯，白费，哈哈。"穆三把钱忘记了。

"别俤妈的胡扯，乖乖的，老娘骑俤这黑驴。"

屋子里的灯灭了。房脊上猫在叫，院子里蝙蝠扑扑地贴着房檐来回飞，枯树间蜘蛛在织网。

海岸上有了点组织，穆三赊鱼已不似先前那般容易，他有几天没能到何二姑那里去了。

细雨落于海面，万点蜂窝。鱼多浮浅，正是渔市盛时。全岛人都随着鱼的活跃而活跃着。穆三垂了头，在海岸上走向不知何所，雨点打湿了他的衣服，他也不觉得。

"喂，哪去？"穆三抬起头来，看见孙小乙披着蓑衣，兀自坐在船头上，瞪着两只猫头鹰的眼睛望着他。小乙是一个十七岁的孩子，头年死掉父亲，他便继承了父亲的财产——船与网，打鱼养活母亲。穆三虽是霸道，却可怜这孩子，从未赊过他的鱼。小乙也看穆三是一条江湖好汉，他有点崇拜这个人，所以打个招呼。

"你不去放流，坐在这，等鱼来找你吗？"穆三有时也说出长辈的话。

"没有网，教刘四拿去了，他说我爹欠他钱！"小乙说罢，捏把鼻涕。

"你，"穆三瞪了眼。"水绳子打枣，直不起腰来。乌龟王八都欺负你！你就缩起鳖脖子，一躲完事吗？"

"妈去借钱，想买盘网，谁都求啦，没用！"

"那么，你等着饿死？唉！"小乙不言语。

"像你这条汉子，除掉磕头，求爹爹，告奶奶，就不会想别的法子吗？"

小乙还是不言语。

"海参长刺，是肉的，你同你爹一样！"穆三唾了一口就走。

他走了几步，回过头来望望小乙。小乙抱了头，蜷伏在蓑衣里，活像一只受惊的刺猬。穆三摇摇头，像母亲对着没长进的孩子，他失望可是他又离不开这孩子。穆三不自由的又趑回来。停住脚犹豫了一会儿，忽的伏在小乙耳边咕哝了几句。小乙抬起头来，见面前一个挂着狞笑的黑脸，赤着白牙，鼻子里哼出吓吓冷笑道："你可有这胆量！"

小乙的眼睛瞪大了，望他一会儿，渐渐地低下头去，瞅着地不言语。

穆三见小乙有些意思了，过去捉住他的胸衿，只一提便把小乙提到跟前。上下端量一番，他点点头道："你这把骨头，还怕打不出一条硬汉来？走！"

当夜三更时分，海岸上出现了两个黑影，摸手摸脚地爬上小乙的船。用桨一撑，那船便离开海岸向海心去了。此时雨虽停歇，天还阴着。海上是一片黑与静。几点殷红的渔火，在湿重的空气里荧然不动。放流的渔子，把网横流撒下后，便都入睡了。只待天明起来收网摘鱼。那只黑船，穿在他们中间无人觉察。反之，借着每一只船头的渔火，那两个黑影交头接耳的指认这是谁家的渔船。

"是这只？"穆三问。

"不……不是，刘四的船新。"小乙的心跳到口边。

又绕了一会儿，小乙伏在穆三的耳边说了一句。穆三停下橹，倾耳细听船上的动静，微微闻到舱内鼾息之声。穆三绕到刘四的船后，探身从水中提出网纲，拉到自己船上，从腰间抽出斧头，一斧砍断。刘四的船，晃了两晃，仍无动静。穆三把网纲系在自己的船上，悄悄地驶开渔船之群。到了远处，二人从容地提网摘鱼。此时已是五更光景，二人计算在天亮以前，可以赶到另一个岛上去卖网卖鱼。

小乙有了钱另治一盘小网，穆三有了钱再到何二姑家里去。可是刘四也并不是好惹的。在第二天发现失网之后，他已七八分猜到是谁干的事。他又到各岛中去探问他的网的消息，从买网人口中打听出卖网人的相貌服色，他知道此事已确凿无疑了。

晚饭时他买了十斤白干，一个猪头。教老婆把猪头炖得烂烂的，捣上四盘大蒜。他便到街坊中邀来十位好汉，其中也有李二同王五。

十斤白干下到十个人的肚子里，就等于十斤火油倾在十捆干柴上，一星火种就会烘烘的烧起来。刘四在对客人尽过十分殷勤，灌下十斤白干之后，他叹口气落下泪来。这使十位好汉都心软了。他们问他缘故，他只流泪不说。

闷得十斤白干在他们肚里发作起来。

"敢是谁欺负了你？我来替你报仇！"一个好汉拍着桌子说，再也忍耐不住了。

"快说，快说，我们替你报仇。"大家跺脚捶胸的逞义气。

"说了有什么用！这个人谁也不敢惹他！"刘四说了又叹气。

大家一齐哄起来，嚷道："你说，你说，就是金刚我们也不怕！"

刘四哽咽道："我教他欺负的不能过啦，我非同他拼命不可。我死了不要紧，只是撇下这一家老少！望乞诸位邻居，看在死的面上，替我照应照应，我死在地下也感恩不尽！"

十位好汉听了，真是火上加油。喊道："你闷死人了！到底是谁？我们替你报仇，不用你出头。"

刘四扑通地跪在地上，朝众人磕了个头。众人不觉愕住了，只听刘四说道：

"我刘四决不负心，只得诸位好邻居助我一臂之力，我死也不忘。此人并不是旁人，就是穆三！"

"穆三？"这两个字把大家的酒吓醒了一半，便不似先前那样豪侠了。刘四把偷网的事详细说了一遍，又把穆三平常无恶不作，欺压好人的罪状，加油添醋的诉说一番。结论道："我们若不除掉这一害，大家都别想过太平日子！"

白干又在众人的肚子里烧起来。嚷道："起来起来，我们替你报仇就是了。"但这话已不是先前那般有劲。因为谁心里都明白，他们十条好汉在一块，谁也不怕穆三。可是，若日后单独碰到他呢？

　　大家又望望刘四，见他委实可怜，心中正在踌躇。忽听耳边喊道："我们抛他的锚！"李二红着眼睛说。

　　"对！对！我们得除掉后患。打蛇不死，反转伤人！"王五说出理由。

　　这句话提起了大家的勇气，白干像滚锅一样的在他们血管里沸腾着。"抛锚！抛锚！"一种野蛮的杀气沉醉了他们的灵魂。

　　"去！就去！"一片喊声。

　　"他在哪里？"有的问。

　　"他在何二姑家里，我打听清楚了。"刘四一切皆有了布置。

　　上弦的半月斜照着一带睡眠在海上的岛屿，只有微浪拍沙的声音，添加这些岛屿一种悲壮的寂寞。大约有二更时候，街头上忽起一阵急乱的脚步声，十一条好汉拿着鱼叉、鱼刀、担杖、短棍，各样的兵器，直扑何二姑家中而来。

　　里面的灯还未灭，外面一片敲门声与呐喊声，惊回了四邻的酣梦。

　　里面的灯忽然灭了，很沉静。外面的鼓噪愈急起来。半晌，何二姑很从容地在门内问道："谁呀，半夜三更敲门？菩萨庙里进香，也得等到鸡叫啊！"

　　"快开门，我们找穆三。"外面喊。

　　"哟！原来是找他呀！他早已不到俺这里来了。绣花针掉在大海里，影也不见！"何二姑一眼一板地说着。一个高大的黑影子从后墙跳了出去。

　　"快开，快开，谁听你的臊话！"

　　"呀！造反啦！俺说不在就不在，老娘几时骗过俺？"何二姑变了声调。

"快！快！要不，给你端下来！"外面的声音愈急。

"不开，不开！打坏门，赔门。"

"跳墙进去。"有人嚷。

哗的一声，何二姑把门开了。"要进来就进来，值得这般大惊小怪的！俺这里清水煮王八，等俹来下锅。"她骂着。

好汉们一哄而进。何二姑退到房门口，两手一叉，怒目道："俹要干什么吗？"

"要搜！"好汉们喊。

"搜不出来呢？"她问。

"搜出来呢？"好汉们问。

"搜出来，俹打死俺！搜不出来呢？"

"听那臊婊子的话！搜。"一声喊，大家拥进屋子里。一阵骚乱，被窝、门后、桌子下、柜子里都搜遍了，没有！

"奇怪！我探听得清清楚楚的是在这里。"刘四搔头说。

"我们到关帝庙去找他。"一个嚷。

"到关帝庙，抄他的窝！"大家和。

"不成！"何二姑嚷。"俹闹的俺天翻地覆，又没搜到人，就夹着尾巴走啦，不成！"

"不成怎么样？"有的问。

"管他妈的，我们走。"又有的嚷。

何二姑一面吵，他们一面走。忽听留在后面的王五叫道："在这里！"他从炕脚下抓出一个毡帽头，拿在手里。大家初听到"在这里"三个字，不免起了一阵恐慌的紧张。后来见是毡帽头，才都放下心去。细看的确是穆三的帽子，又都起了义愤。

"这婊子的窝藏！绑起她，跟她要人。"刘四喊。

一阵乱，一阵挣扎，七手八脚地把何二姑背绑起来。

"拷打这婊子，问她要人。"刘四又喊。

何二姑披散着头发冷笑道："俪用不到在俺跟前逞强。就是俺的窝藏，俪能把俺怎样？老实告诉俪说吧！他也不在关帝庙，是俺放走了他！俺还送了他盘费。俪闹了这半天，他现在已经离开这个岛子了。"

惊讶、愤恨、轻蔑、被戏弄、报复，种种的感情在他们面面相觑中表露出来。

但是集中在一点，他们把所有对于穆三的毒意，都放在何二姑身上。并且，十斤白干灌在好汉们肚子里，总是要发作的。于是他们要把对付穆三的手段对付何二姑！

"抛她的锚！"这一声从初民时代传下来的喊声，在素被视为化外的海岛上，从不失其初民时代的暴乱、武断与好杀。它在好汉们心中毫不怀疑的全体通过了。

被拖着走向海边的何二姑，一面哭着一面骂："俪这群王八乌龟 × 的，就没有一个好种！怪不得穆三揍俪啦，他揍的是王八、兔子、贼、鳖！他怎么不欺负好人呢？刘四这王八，俪欺负人家没有爹的孩子，诬赖人家的寡妇，俪横行霸道夺人家的网，还怨穆三偷俪 的鱼哪！"

她骂过后，不知怎地勇气也发泄完了，将近海边的时候，她不骂了，只是呜呜地哭。

到了海边，他们把何二姑的四肢如包袱式的背绑起来，又拿出预备好的麻袋，要把她装进去。就在这时，他们背后出现了一个高大的人影，喝道："放手，她有什么罪！"

大家愕然转过身来，在将落的月色中认出是穆三。这一惊可不小。不过，见他未带任何家伙，大家也就放了胆，把刀叉棍棒一齐朝着他预备下手。

穆三冷冷地道："用不着动手，你们放了她，绑起我来。好汉做事好汉当，偷鱼的是我一个人，并不是她！"说完他背转身去，把两手交叉在背后，让他们绑。

大家呆了一呆，翕然地过去把穆三绑了。穆三一动也不动，也不再说一句话。

他们把装何二姑的麻袋装好了穆三，又缠上一块石头。四人扛到一只船上。驶到海心，呐一声喊，扑通一声，麻袋掷入海中。海水激起一个大波，随后是一圈一圈的浪纹向外开展着，消散着。终至于浪纹消失，海水若无其事的恢复了它的平静！

众人散去，落月照着何二姑，僵石似的坐在海岸上，呆然望着海水。

黄　　果

　　熙攘的朝市过去了，菜场中满地零散着青菜的枯叶，鸡鸭的落毛，鱼的鳞片，热闹后的冷落。

　　一只黄狗用前爪按着块肉骨头在那里啃。

　　太阳已将近午了。

　　恽太太提着半篮青菜，露着自己瘦弱的身影走出菜场。在菜场西头排列着一堆堆水果摊子。鲜艳清香的水果摊后坐着落牙的老太婆，用麻绳慢吞吞地纳着枇杷叶形的鞋底；或是穿着新蓝布裤褂的壮丁，口里衔支香烟，眯细了眼睛斜视行人，忖度那些衣服褴褛的再也不敢走近他的水果摊。恽太太望着那些骄傲的水果出了一回神，然后怯生生地走到一个小女孩的水果摊前。

　　"几文一斤？"她拾起一个娇嫩圆润的黄果在手中试着分量。

　　"八十块。"那小女孩子眼也不抬。

　　"买一个呢？"

　　"四十。"

　　恽太太轻轻地把黄果放还原处，红着脸默默地走开。

　　她踽踽地走在回家的路上，愈走愈感不安起来。她答应过昆生——她的第三个刚满四岁的男孩子，买菜回来，给他带几个黄果。这不能算是不惯孩子，在抗战时期，教授的子女已渐渐入不起学校，哪能吃水果呢！不过这次是因为孩子病了，发烧半月总不退，医生说是营养不足，能多吃点牛奶与水果才好。所以她才答应了孩子的要求。至于牛奶，她两日前打听过，一天一磅每月一千元，那就当然不考虑了。

"这并不是我不肯买。"她为自己解释着。"实在太贵了。"前天刚到半月，只剩下四百元了。若不谨慎着用，这后半月菜钱便无着落。谁知昨天添了一担炭会那样贵，一千一百元！幸好光生把乙种《辞源》卖了八百元，添着买了炭。也好，这可烧一个月，谁知下月又贵多少？……今天星期日，两个大的从学校回来，饿虎似的，不能不添点菜。手中只剩下十五元了，如何能买得起黄果？而且……

"不想也罢了，"她抑制自己说，"也许这可卖点旁的东西，那时再买黄果给昆生。"

金色日光中跳跃着飞尘，空气中飘荡着远近的汽车喇叭的尖叫。一个脏孩子吮着食指，瞪着饿眼，瞅着一个卖饵夹的小摊。

"我不会让孩子这样脏。"恽太太下意识地想。"可是昆生问我要黄果呢？我只说买不起，……但孩子是不会了解的。……恽先生常说'抗战时期，我们应当吃苦。穷得买不起东西，自然可以节省物资'。话是不错……"

"侬瞎掉眼睛，硬往汽车上撞？撞坏了侬卖孩子也赔勿给。"她耳边一个上海司机的声音。她猛一惊醒，才知道自己走到一边路下面。眼前是一辆一九四一式的"瞟一刻"。她移步走上边路，原来是在一家新开张的扬州饭馆门前，玻璃窗里陈列着海参、鱼翅、燕窝、鲍鱼之类，都是山珍海味，在战时不易得的异品，而这些也就表示了这馆子的高贵与傲慢；馆子的大门开处，冒出一群材料考究穿起却总是哪里不妥的新洋服，这群洋服上面插着几颈为酒肉涨红了的面目，一望便知为抗战中的新兴阶级了。这一群中有几只肥手噙着牙签剔牙齿，神情渺茫地走入那部停放在门前的"瞟一刻"。她在他们的睥睨中瘦缩着身子走过去。心里还在想着恽先生常说的什么战时食用的限制，节省下物品供给前方将士那一类近代国家在战时的措施。

她转入一条小巷，一进口一只小猪从她身边窜过去了，几乎碰在她身上。抬眼望见自己的家门，她心中忽感到一阵沉重，像块石头压在胸坎上。她怕看见生病的昆生从那双发烧的大眼里透出失望的小小心灵！她踱到自己门口，放下菜篮正抬手要去敲门，忽听院子里孩子在嚷：

"妈妈还不回来，我真饿了，午饭我要吃一斤肉。"这是大儿怡的声音。接着又是二女昭的声音：

"昆生，你乖，等一会儿妈妈就回来，一定带两个圆圆的大黄果给你。"

她的手慢慢缩回来，低下头望那菜篮子，豆芽菜，黄牙白，还有两方豆腐，一根细葱，蓬蓬松松的，不满半篮子。她不知为什么怕进自己的家门，默默地倚在门旁，对着一街冷静，呆望那菜上的水珠，在阳光中闪耀着有如滴滴泪痕。

《诗经》里面的描写

《诗经》既是孔子删定的，那么，论诗的话，当然也要以他的为最早，且最有文学批评的价值了。可是，他这番删诗的工作，虽是替我们保存下古代诗歌的文学；而他对于论诗的雅言，却没有一句及于诗的文学的。试看，他的诗评，不是论诗的功用，就是论诗的教训，再不然，就是论诗的玄理。

其论《诗》的功用的如——

教训伯鱼的话，"不学《诗》，无以言。"（《论语·季氏》）

鼓励弟子学《诗》的话，"小子何莫学乎《诗》！《诗》，可以兴，可以观，可以群，可以怨。迩之事父，远之事君，多识于鸟兽草木之名。"（《阳货》）

叹息门人学诗不能应用的话，"诵诗三百，授之以政，不达；使于四方，不能专对。虽多，亦奚以为！"（《子路》）

其后如司马迁论《诗》"记山川溪谷禽兽草木牝牡雌雄故长于讽"（《史记》自叙），刘勰论《诗》"酬酢以为宾荣，吐纳而成文身"（《文心雕龙·明诗篇》），一类的诗论盖出于此。

其论诗的教训的，如——

"诗三百，一言以蔽之，曰，思无邪。"（《为政》）

"《关雎》乐而不淫，哀而不伤。"（《八佾》）

子谓伯鱼曰："女为《周南》《召南》矣乎？人而不为《周南》《召南》，其犹正墙面而立也与！"《何晏集解》引马曰："《周南》《召南》，国风之始，乐得淑女以配君子。三纲之首，王教之端，故人而不为，如向墙而立。"

其后如《小戴礼》所谓"温柔敦厚，诗教也"（《经解》篇）。

又如《舍神雾》引孔子曰，"诗者，天地之心，君德之主，百福之宗，万物之户"（《艺文类聚》五十六引）。又云"诗者，持也"（《礼内则疏》引）。"在于敦厚之教，自持其心；讽刺之道，可以扶持邦家者也"（成伯屿《毛诗指说》引）。

以及扬雄所谓"典谟之篇，雅颂之声，不温温深润，则不足以扬鸣烈而章缉熙"（《解难》）。一类论诗的话，盖出于此。

其论诗的玄理的，如——

唐棣之华，偏其反而，岂不尔思，室是远而，子曰："未之思也，夫何远之有？"（《子罕》）

子贡曰："贫而无谄，富而无骄，何如？"子曰："可也，未若贫而乐，富而好礼者也。"子贡曰："《诗》云：如切如磋，如琢如磨。其斯之谓与？"子曰："赐也，始可与言诗已矣！……"（《学而》）

子贡问曰："'巧笑倩兮，美目盼兮，素以为绚兮'，何谓也？"

　　子曰："绘事后素。"曰："礼后乎？"子曰："起予者商也，

始可与言诗已矣！"（《八佾》）

　　孔子论诗，总不出这三种意义。所以后世讲《诗经》的也总不敢超雷
池一步。一来是看准《诗经》是一部经典，不敢妄议它的文学；二来也要
借重圣人，拾其余唾。其讲功用及玄理方面，本来难为继也，所以没大影响；
而讲教训方面，却使毛公朱子一般解诗的贤人，处处附会风化美刺之说，
把一部充满文学性的诗歌集子，讲成了《文昌帝君阴骘文》一类的东西（朱
子虽较毛公少些妄谬，却也总不脱教化之观念），岂非蒙西子以不洁吗？

　　除了以上儒家的讲法外，还有几个文学家的讲法，也只论到《诗经》
为后世某种文体所由生，如《汉书·艺文志》之论赋出于《诗》，挚虞《文
章流别》之论汉《郊庙歌》出于《诗》之三言，《俳谐倡乐》出于《诗》
之五言，乐府出于《诗》之六言之类，以及刘勰《文心雕龙》之论赋颂歌
赞皆出于《诗经》（《宗经明诗诠赋颂赞》诸篇）。而却鲜有论及《诗经》
本身上之文学性者。及至唐宋人好作文论诗话，对于《诗经》的文学，始
稍有论及一二语者。例如苏轼《商论》谓："《诗》之宽缓而和柔，《书》
之委曲而繁重者，皆周也。商人之《诗》，骏发而严厉，其《书》简洁而
明肃。"不过总是片语只言，非专论《诗》之文学者。至王渔洋在他的《渔
洋诗话》里，稍稍论及《诗经》之写物，举《燕燕》《竹竿》《小戎》《七月》《东
山》《无羊》诸篇为例，而谓为"恐史道硕戴嵩画子，未能如此极妍尽态也"。
不过那仍是诗话家的讲法，笼统言之而已。前八年傅斯年先生在他的《宋
朱熹诗经集传和诗序辨》一文中（《新潮》一卷四号）论及《诗经》的文学，

举出《诗经》的四种特色，一是真实，二是朴素无饰，三是体裁简当，四是音节自然。他说得很明透爽快，算是自有《诗经》以来第一篇老老实实论过《诗经》文学的文字。

我这一篇专从《诗经》描写的方面上来说。本来要论《诗经》的文学，描写与声韵两方面，都是重要的。只为历来论《诗经》声韵的很多，已有专书可以帮忙，此处更不必赘及，故专论《诗经》的描写。为由简及繁，讨论方便起见，故又分诗经的描写为写物，写景，写情诸层。更于每一层下，进而分为某一种物，写某一种景而比较讨论之。

一、《诗经》的写物

写物既要写得像，又要写得活。要写得像，必先要观察得细，细，写出才有分别，有分别才不至于写鹄似鹜，写虎类犬。要写得活，必先要体贴得微，微，才能得到他的生机，有生机才不呆，才不死。《诗经》的写物，就妙在写得像、写得活上。

1. 写光的分别

写烛光则曰"庭燎晰晰"；写小星之光便与烛光不同，则曰"嘒彼小星，三五在东"。写明星之光又与小星之光不同，则曰"明星有烂""明星煌煌"。写月光又与星光不同，则曰"月出皎兮""月出皓兮"。写日光又与月光不同，而曰"杲杲出日"。至其写电光则又与日光不同，而曰"晔晔震电"。这是何等有分寸的形容！

2. 写水的分别

写小水则曰"河水清且涟漪"，写春水则"溱与洧方涣涣兮"，写大水则曰"汶水滔滔""淇水汤汤"。至写"河水洋洋，北流活活"，简直听到水声了。

3. 写声的分别

写虫声则曰"喓喓草虫"，写黄鸟之声则曰"其鸣喈喈"，写雁声则曰"哀鸣嗷嗷"，写鸡声则曰"鸡鸣胶胶"，写鹿声则曰"呦呦鹿鸣"。至于"大车啍啍"是写大车迟重之声，与"有车粼粼"的轻快之声不同。"椓之丁丁"是兔置上的杙触地声与"坎坎伐檀兮"的斧斫木声不同。"其泣喤喤"写小儿之哭声与"啜其泣矣"的女子饮泣声不同。至其写马嘶到了"萧萧马鸣，悠悠旆旌"，其声音之感人，真比画出一幅田猎图来还要深远几倍！

4. 写草木的分别

写葛叶之密茂曰"维叶莫莫"，写桃叶之疏松曰"其叶蓁蓁"。写竹之秀挺曰"绿竹猗猗"，写麦之密茂曰"芃芃其麦"。写秋晨怀人则曰"蒹葭苍苍，白露为霜"，写故墟感旧则曰"彼黍离离，彼稷之苗"。写桑叶之肥润则曰"其叶沃若"，写莠草之桀骜，则曰"惟莠骄骄"。至其写"昔我往矣，杨柳依依，今我来思，雨雪霏霏"则依依有伤别之情，雨雪感岁之已晚，真是景中有人，人中有情，情中看景了！

5. 写鸟虫的分别

写虫之动则曰"蜎蜎者蠋"，写兔之跳则曰"跃跃毚兔"，"四骐翼翼"写马列之齐整，"翩翩者雕雕"写鸟飞之翱翔。至于写"燕燕于飞"而曰"差池其羽"，写"仓庚于飞"则又曰"熠燿其羽"矣。虽两物相去不远，用字必称情而施。其细密有如此者。

6. 写风云雨露的分别

写露曰"野有蔓草，零露瀼瀼"。写雨曰"我来自东，零雨其濛"。

写雪曰"雨雪瀌瀌,见晛曰消"。情伤则风冷,故曰"习习谷风,以阴以雨";心哀而风暴,故曰"南山烈烈,飘风发发"。至于"悠悠苍天",是心悲而呼告;"旻天疾威",是气愤而怨怼。外景固因情而变,写景写不到心中之景,则景是死景,人是木人。

7. 写人的分别

"赳赳武夫"与"佻佻公子",其强弱相形,庄肃与轻薄相比如何?"琐兮委兮流离之子"与"容兮遂兮,垂带悸兮"之童子,其贫富相形,失志与得志相比又如何?至"桃李"(《召南·何彼秾矣》"华如桃李")、"舜英"(《郑风·有女同车》"颜如舜华")以比美人之容;切磋琢磨(《卫风·淇奥》"如切如磋,如琢如磨")以喻君子之德;"牂羊坟首"想见饿民之槁瘠;"营营青蝇"恶夫谗人之潜愬,则更为拟如其伦了。而《卫风·硕人》之写美人,曰"手如柔荑,肤如凝脂,领如蝤蛴,齿如瓠犀,螓首蛾眉。巧笑倩兮,美目盼兮",更是何等细腻!

8. 写动作的分别

"子仲之子,婆娑其下"是写男子之舞容;"将翱将翔,佩玉将将"是写女子之蹁跹。候所欢不见,则情急而"搔首踟蹰",盼所欢不来,则犹幸其"将其来施"。至写"十亩之间兮,桑者闲闲兮",寥寥数字,便画出一幅《武陵源》来!

二、《诗经》的写景

写景要写得分别,朝景不是晚景,晚景不是夜景。要写得自然,春景不是夏景,秋景不是冬景。要写得入微,把景写到景中人的眼中景。要写得动情，把读者化为眼中景的景中人。还要写得简省，盖得其要则必定简省，不简省总为不得其要。

1.写夜景，如"夜如何其？""夜未央，庭燎之光。君子至止，鸾声将将"（《小雅·庭燎》），庭中有候人的，有答问的。街上有车铃之声，到门之客。处处人与景合。

2.写天将晓，如"女曰鸡鸣，士曰昧旦。子兴视夜，明星有烂"（《郑风·女曰鸡鸣》），不唯问答之词，意味堪想，而末二句且画出手指明星相语之状了。又如"鸡既鸣矣，朝既盈矣。匪鸡则鸣，苍蝇之声。虫声薨薨，甘与子同梦。会且归矣，元庶予子憎"（《齐风·鸡鸣》），都是画声画情的笔墨。

3.写朝景，如"雍雍鸣雁，旭日始旦"，虽只二句，却有声有色。

4.写黄昏，如"鸡栖于埘，日之夕矣，牛羊下来"（《王风·君子于役》），对此暮景，不由你不起怀人之情。

5.写天黑而所期不到，曰："东门之杨，其叶牂牂。昏以为期，明星煌煌！"（《陈风·东门之杨》）想见晚风吹树，候人不来之情。

6.写男女相得之夜，则曰："'绸缪束薪，三星在天。今夕何夕，见此良人？子兮子兮，如此良人何？'"（《唐风·绸缪》）景是美景，人是活人。

7.写夜饮，则曰："湛湛露斯，匪阳不晞。厌厌夜饮，不醉无归"（《小雅湛露》）。上二句既是比喻，又是即景。

又如夜景之"风雨潇潇，鸡鸣胶胶"是何等动人情景！

其至写征人之初归，则如《豳风·东山》二章之"我徂东山，慆慆不归。我来自东，零雨其濛。果臝之实，亦施于宇。伊威在室，蟏蛸在户。町畽鹿场，熠熠宵行"，又如三章之"鹳鸣于垤，妇叹于室。洒扫穹窒，我征聿至。有敦瓜苦，烝在栗薪。自我不见，于今三年！"，又如四章之"其新孔嘉，其旧如之何"，写得多入微，多入情！

8. 写阳春之美丽，则如《豳风·七月》二章之"春日载阳，有鸣仓庚。女执懿筐，遵彼微行，爰求柔桑。春日迟迟，采蘩祁祁。女心伤悲，殆及公子同归"。末二句亏作者体贴得出！又如五章写岁晚之情，"五月斯螽动股，六月莎鸡振羽。七月在野，八月在宇，九月在户，十月蟋蟀入我床下。穹窒熏鼠，塞向墐户。嗟我妇子，曰为改岁，入此室处"，写家人依依之情，何等自然，何等感人！

9. 写田家风味，则如《小雅无羊》之"尔羊来思，其角濈濈。尔牛来思，其耳湿湿。或降于阿，或饮于池，或寝或讹。尔牧来思，何蓑何笠，或负其餱。……麾之以肱，毕来既升"。这是何等生动的一幅田家画！

三、《诗经》的写情

写情要体贴得深，表现得浅；还要含蓄得多，说尽的少。唯是体贴得深，才找到人人心中共有之情；既是人人心中共有之情，自然可以用人人口中欲说之话来表现了。情是人人共有而不自觉的，话是人人要说而说不出的。那么，你的写情在读者看来，几乎句句是替他说的。唯你能使他觉到句句是替他写的，然后句句都能打入他的胸坎中去。所以说要体贴得深，表现得浅。可是单只打入他的胸坎中还不够，还要使他去想。怎样能使他去想。你把要说的话都说完了，他把要听的话也都听完了，那就一切都完事，他是不用再去想。你把要使他想的话，没说到能使他想的程度，他听了你的话，也没感到去想的机会，那也就一切罢休，他也没法再去想。你必须把话说到一个程度，使他虽欲不想而不能；同时你也不要把话说到一个程度，使他虽欲想而无余。所以要含蓄得多，说尽的少。唯独你言之不尽，然后他才思之有味呢。《诗经》写情写得好，就只在它说得浅显，说得含蓄。写情也有种种情的不同，所以以下也分别来说。

1. 写怀人的

诗歌每每起于怀思，故《诗经》中怀人之作特别的多些。他的写法颇不一样，今举出几个例来比较比较。

（1）直叙的，如：

> 参差荇菜，左右流之；窈窕淑女，寤寐求之。求之不得，寤寐思服；悠哉悠哉，辗转反侧。（《周南·关雎》）
>
> 彼采葛兮，一日不见，如三月兮。（《王风·采葛》）
>
> 角枕粲兮，锦衾烂兮。予美亡此，谁与？独旦？（《唐风·葛生》第三章）
>
> 夏之日，冬之夜。百岁之后，归于其居！（同上，第四章）
>
> 自伯之东，首如飞蓬。岂无膏沐，谁适为容！（《卫风·伯兮》）
>
> 君子于役，不知其期。曷至哉？鸡栖于埘。日之夕矣，羊牛下来。君子于役，如之何勿思！（《王风·君子于役》）

这写得多么自然，多么浅易，同时又多么动情！

（2）衬叙的：衬叙不是如何铺陈思念之苦，只用旁的事映衬出来，便觉音在弦外，意在言外了。如：

采采卷耳，不盈倾筐。嗟我怀人，置彼周行。（《周南·卷耳》）

终朝采绿，不盈一匊。予发曲局，薄言归沐。（《小雅·采绿》）

（3）反叙的：相思苦极，愿不相思；说不相思，更是相思。例如：

无田甫田，维莠骄骄。勿思远人，劳心忉忉。（《齐风·甫田》）

我姑酌彼金罍，维以不永怀！ （《周南·卷耳》第二章）

焉得萱草，言树之背……《传》："萱草令人忘忧"。 （《卫风·伯兮》第四章）

（4）写思饭而怨的，如：

青青子衿，悠悠我心。纵我不往，子宁不嗣音？ （《郑风·子衿》）

子惠思我，褰裳涉溱。子不我思，岂无他人？狂童之狂也且！（《郑风·褰裳》）

写轻薄之情，真是声口如画了。

（5）写思而不可致的，如：

> 蒹葭苍苍，白露为霜。所谓伊人，在水一方。溯回从之，道
> 阻且长。溯游从之，宛在水中央！（《秦风·蒹葭》）
>
> 皎皎白驹，在彼空谷。生刍一束，其人如玉。毋金玉尔音，
> 而有遐心！（《小雅·白驹》第四章）

蒹葭白露，空谷白驹，写得何等清空！使人不能不悠然遐想，兴景仰之思了。而其人如玉，宛在水中央，又是何等可望而不可即的情景！

2. 写怀归而不得的

前举《东山》之诗，是写征人归来的情景，《采薇》之诗，是写自怀归以至归来的情景，其已尽情尽致了。而其写怀归不得的，如：

> 陟彼屺兮，瞻望母兮。母曰："嗟！予季行役，夙夜无寐！
> 上慎旃哉，犹来！无弃！"（《魏风·陟岵》第二章）

写怀归而不从自己想父母兄弟方面写，偏从父母兄弟想自己方面写。体贴出父母兄弟之想己，而自己之想父母兄弟，更深一层了。文章真是加倍的深透。又如《卫风·河广》篇写女子思归，只曰："谁谓河广？一苇杭之。谁谓宋远？跂予望之。"不写她如何想回娘家，旁人如何以道远阻止她，而却突如其来地写出她的驳辩之辞。那事前的心中盘算，都宛然纸上了。这是何等省简的写法！何等耐人寻味的写法！又如《竹竿》第四章之"淇

水潆潆，桧楫松舟。驾言出游，以写我忧"，写怀归不得、万般无聊的情怀，使读者不能不油然而生同情之感也。

3. 写送别的

后世送别的诗，几乎没有一个诗人的集子里找不出好几首来。可是能有多少像《邶风·燕燕》篇那么以极少字写极多情的！

> 燕燕于飞，差池其羽。之子于归，远送于野。瞻望弗及，泣涕如雨！

妇人之礼送迎不出门，今不但出门，而且远送于野；不但远送于野，而且客去后还在那儿瞻望；不但在那儿瞻望，而且直望到不见了。既到了望不见，则不能不凄然兴孤零之感，泣涕如雨了。

4. 写怀旧的

如《王风·黍离》："彼黍离离，彼稷之苗。行迈靡靡，中心摇摇。知我者，谓我心忧。不知我者，谓我何求！悠悠苍天，此何人哉！"

后世感怀吊古的，不知有多少，却难得这么沉痛的。至其写兄弟之谊，如《小雅·常棣》之"……兄弟阋于墙，外御其务，……"，《郑风·扬之水》之"……终鲜兄弟，维予与女。无信人之言，人实诳女。"，真是又曲尽又委婉。写达观，如《唐风·山有枢》："……子有衣裳，弗曳弗娄。子有车马，弗驰弗驱。宛其死矣，他人是愉！"读了真起"为乐当及时，何能待来兹"之感。写恶恶如《小雅·巷伯》之"……取彼谮人，投畀豺虎。豺虎不食，投畀有北。有北不受，投畀有昊"，写得谮人有多可恶！写忧谗如《小雅·

小旻》篇之"……战战兢兢，如临深渊，如履薄冰"，写得谗言有多可怕！
写畏乱如《小雅·四月》篇"……匪鹑匪鸢，翰飞戾天；匪鳣匪鲔，潜逃于渊！"，
《小雅·苕之华》篇"……知我如此，不如无生！"，《桧风·隰有苌楚》
篇"……夭之沃沃，乐子之无知！"，都是极沉痛的话。

至其长篇的如《邶》之《谷风》、《卫》之《氓》，委婉曲尽，哀思动魂。
都是中国长诗中不可多得的作品。

合拢起来讲，《诗经》的写物写景写情，都算很好（特别是《国风·
小雅》）。从一面说，唯其写物写得生动，所以合物为景，那景才真实；
也唯景能真实，所以因景生情，那情才深切。再反过来说，必有真实的情，
才有真实的景。因为景的本身是素白的，无情采的。必染上情的颜色才有颜
色；感了情晕（情晕一词，见唐钺《修辞格》）才有意义。跟下还可说必有
真实的景，才有真实的物（这自然是指心理上的真实，不是指物理上的真实；
是一时特别的真实，不是永久普遍的真实）。因为物必与其他景中之物联起
来看，才有生动；必在一个一定的背景衬起来看，才有个性。所以物之生动，
必是由于全景的真实；而全景的真实，又必生于情感的深切。

《诗经》经过汉儒一番训诂的工夫，章句讲对了而又文意讲错了；再
经过宋儒一番义理的工夫，文章讲对了而诗意讲错了。盼望将来它能再经一
番文学的工夫，恢复它诗的本意。我们才前而对得住古人，后而对得住来者。

乞　雨

文艺的田园久旱了！

它也许受了政治的影响吧？何以也多大言而少实事！上海方面到底热闹，种种文艺的运动也有好几次了。为宣传种种主义，锣鼓打得很响，但戏是没有出台；为主张某一种文学，架也打得不少了，而主张的作品却没露面。

文艺的田园久旱了，至今还只是听到干雷！

北京是个打盹的老头子，半天吵也不醒。好容易睁开眼看一看，马上又合上眼。睡着了！真的，它竟连大言也懒得说，回想民国七、八至十五六年之间，它的文艺运动是如何地年轻而有希望，真教你疑心它会老得这般快！

文艺的田园久旱了，它将枯萎以老死！

国家的隍隍，人生的苦痛，可是文艺的旱魃？

不，绝不！这情形应当激动我们的血泪！血泪，正是文艺的甘露，除非这民族连血泪也没有了！

请看，这连年的水旱，遍地的狼烟，有多少日暮无归的老人！有多少流离道侧的孤儿！有多少抱着饥儿流泪的母亲！然而，又有多少文艺的记载？

几年来军人的盘剥，政客的敲诈，苛捐杂税的诛求。人民身上有多少刺刀的伤痕，腿上有多少竹板的血花！卖出的妻女流多少暗地的眼泪！然而，文艺又有多少记载？

外侮凭凌，抵抗乏术，为拙劣的军械与落伍的战术，战场上牺牲了多少忠勇的健儿！政治蠢聚、社会瓜腐，少年偏于情感，思想过激，暗室里残害了多少有志的青年！生业不振，私谒成风，街头上有多少走投无路的壮士，家庭里有多少怕见妻子的工人！然而这一切的一切，又有多少文艺的记载？

文艺的田园久旱了，它缺乏血泪的灌溉！

中外潮流的冲突、时代现态的矛盾，在那儿为虐？

不，又绝不！这情形应当激动我们的思想，思想又正是文艺的泉源，除非这民族连思想也没有了！

罗马研究希腊的文化，建设了文艺复兴；唐代与异族文化接触，造成了文艺昌明。而今，欧洲继承了希腊文化的遗产，中国又是唐代文化的嫡传。欧亚的交通，学者的往来，翻译的风尚，分明地使东西文化的潮流，得到空前的接触。何以中国的文艺园里，仍是其寂寂而寥寥！

批评者每喜举冲突Conflict为创作的佳获，并引《哈姆雷特》的内心冲突，为莎氏的杰作；《父与子》的时代冲突，为屠氏的佳作。中国今日要旁的没有，要冲突却为空前所不及。中西文化的激荡，新旧思想的折冲，不用说。祖父，父亲，儿子，对一件事便有三代不同的观点。吃过面包的丈夫，对吞过糟糠的发妻，尚不如一双旧鞋的合脚！用生奶洗澡的没感觉多少婴儿没奶吃，穿二十五元一双丝袜子的看着讨饭的小孩子赤着红肿的脚在雪地上走路！凡此一切内心冲突、时代冲突、阶级冲突，应有尽有了！何以并未蔚成丰茂的佳获？

读书与阅历，本是文艺切要的营养。今日的学校与城市的图书馆，总比以前私人的收藏为丰富而且实用了；今日的学校制度，把南腔北调的人会话于一堂，把东辣西酸的人会食于一桌，朋友的范围推广了；舟车之便，旅行比以前容易了；社交公开，男女的接触比以前为多了。凡此种种，文艺的营养不为不丰，何以文艺的尊容，还是这般的贫血？

文艺的田园久旱了，它缺乏思想的沾润！

懒？不错，这是民族衰老的另一个形容词。它会使当教员的在民国二十二年（1933年）还用民国二年（1913年）的讲义。它会使当学生的不念书，讲文艺的坐在洋楼的沙发上，吸着三炮台写农民文学。它会使许多许多有用的人，吃饭，睡觉，谈闲天，打呵欠，把一切的田园都荒芜了！

懒！它使时间随流水而不归，使思想将云烟以幻灭，使人生悄然以消逝！你要打旱魃吗？它在这儿！

故在创作，必要的是由于同情而生的了解，在批评，可贵的是由于了解而生的同情。其间的接环是了解，这正是人类的需要吧？若然，则文艺对于人类的贡献，也正在接上这一失掉的环子，把人类的隔阂打通，让同情互相交流着。

说　实　话

人人都称赞"说实话"，实话却并不加多；人人又都诅咒"撒谎"，谎话也并不减少。困难的不在一个人不愿意说实话，是在他撒了谎，自己并不知道。

这世界是撒谎透了的，人们靠它吃饭，靠它维持朋友的关系，靠它治国，办外交。离开它行吗？人们已经把它培养成一种生活的需要，与衣食住一样的需要了！它也将如衣食住一样的因习惯而失掉人们的觉察，除了搬个新家，尝口新味，或换件新衣时，总不会再惹起注意的。这就等于撒了个新谎。但旧谎是那样的普遍而现成，越是有历史的民族，这种成套也越多，连给他父母报丧的帖子都有撒谎的成套，也就很少给新谎发迹的机会，觉察因以寥寥乃至于无有。

但每人在他或她第一次撒谎被发现时，不也曾红过一次脸，总该有吧？我想。

可是那也如她做新娘一样，只一次（？），以后便是不常红脸的少妇了。

撒谎成为习惯时，至于并不需要，他也撒谎。这足证明习惯之深而难改。有如刚才说到的丧帖，也不知道孝子怎么那么多，每月总接几套，套套又都是那么一套！我们心里明白，他不但未曾泣血，他连苦块怎么讲都不知道！我还疑心，有的是在寝枕着妻或妾，绝不是苦块，这也如说卧薪尝胆是一样。那不管，奇怪的是，我们并未盼望他泣血，也并未盼望他寝苦枕块，他偏要撒谎，何苦来！

吃亏的又是语言的本身，它将因撒谎而失掉它应有的功用，我们并不可怜那牧羊的孩子，在他第三次喊"狼来了"的时候，没人理他，那活该，我们可怜的是那一群无辜的羊，它们应当因语言而得救的，反被语言杀死了！

语言不为说实话用，失掉了它代表实物的能力，必至冗废以老死。每一种语言，都曾为撒谎杀死了一些名词与成句。而最善撒谎者盖又莫过于文人，有时它能把整个的语言杀死。于是另有人拿一种新的来代替。在中国，散文之代替骈文，白话之代替古文，从语言的本能看——恰当地代表实物，都算是"说实话"代替了"撒谎"。

在一种新语言登上文坛时，这本是文人说实话的好机会，再用不到撒谎了。然而无疑地有人又在利用它撒谎。不同的，用旧语言时，撒谎自己不知道；新语言造的新谎，也许还没过那脸红的关头吧？姑且这样盼望着。

在平常说话，因为要把自己或事情，所得像对面人所期望，于是而有谎。在文学，揣摩读者的心理，把文章作为逢迎的工具，并未说他自己的话，文章也就不实在了，如此便是撒谎。

为一种名词的时髦，拿来贴在唇上，充摩登的胭脂；或为一种主义的新鲜，不问了解与否，同情与否，便拿来掮在肩上，作为时代先锋的招牌，还恐怕旁人没看见，又吹毛瞪眼地大声喊。我保险他不会说自己的话，如此便又是撒谎。

时代太坏了，民生的疾苦到了极点。能以大众的吟呻发为语言，触起一般的觉悟，这是太应该的事。但左拉为写煤工的苦况，便跑去煤矿住几月，只为的要说实话。不许你坐在洋楼的沙发椅上，吸着三炮台，装农民说话！

不但那些话，农民自己听了都不懂；替他们造些假话与虚情，反把他们的真情实话给淹没了。如此也便是撒谎。

谎多了会把些新名词与主义都杀死。那也好，我们不可怜那些名词与主义，只可怜那些无辜的羊，叫牧羊的孩子用谎言给杀死了！

至于说是某著名文人的兄弟死了，这当然是文坛的消息，于是投稿，于是拿到稿费五毛。过几天又说是某著名文人的兄弟并没死，这当然又是文坛的消息。于是再投稿，于是再拿到稿费五毛。像这样的只能说是撒谎中的小偷，当然还不在挂齿之列。

又在中外文学接触之际，引用些外国成语与名词，这也如吃外国的鱼肝油一样，可以肥壮身体。但外国一般也有泣血稽颡的。似乎近几年的文艺里，顶时髦的要算"亲爱的天使！"，因为言情之作多，这是顶用得着的。但不免使人想到邦达赉的一篇短文。那里有类似这么一段；

一个打靶的人，扶着他的亲爱的，可崇拜又可怕的太太下了车，来到射场，那人几次的射击都落荒了。一弹且射到天上去，惹得他的亲爱的咯咯一笑！迷人而讥讪的一笑，于是他回身对她说："你看那里有个洋娃娃，在右边，鼻子望着天，骄傲的样子。好亲爱的天使，我要想象那就是你！"

说着他闭上眼去摸枪机，嘭的一声，那洋娃娃的头打掉了，打得真干脆。

于是，他对他的亲爱的，可崇拜又可怕的太太，弓着腰很敬重地吻她的手。并且说：

"啊，亲爱的天使，我怎样感谢你给我的烟士披里纯！"

于今在中国，也有不少的人，赶着太太叫"亲爱的"！但我觉得"亲爱的"还不够，应当叫"亲爱的天使"，那才够劲儿。

说　不　出

常听人抱怨说不出的苦，可见是普遍现象了。但说不出也有种种不同，有的非真说不出，只是不可说或不便说；有的又真是想说说不出。不可说或不便说，那是属于社会性的，有些道德问题在内。想说说不出，便是表现上的问题，成为"艺术家的难关"了。

晁盖到底只是个草泽英雄，临死望着宋江说，"资弟莫怪我说，若那个捉得射死我的，便教他作梁山泊主"。这真有点与宋三黑过不去，他虽也使得点拳脚，但只杀得阎婆惜，如何是史文恭的对手！后来射死晁盖的史文恭，又偏偏被"凛凛一躯……通今博古"（宋江让位语）的卢俊义活捉了，宋江真有说不出的苦。幸有李大哥痛快，一则曰："哥哥休说作梁山泊主，便作个大宋皇帝也肯。"再则曰："你只管让来让去假甚鸟，我便杀将起来，各自散伙。"是宋江心事李大哥代说之，宋江并非不能说，不可说也。

贾赦一眼盯上了鸳鸯，不管老娘如何，先暗地引诱这丫头，"老太太虽不依，搁不住他愿意"。后来贾母知道了，气得浑身打战，连王夫人都怪上了。"你们原来都是哄我的！剩了这个毛丫头，见我待他好了，你们自然气不过。弄开了他，好摆弄我！"王夫人忙站起来，不敢还一言。直待探春替他分辩，老太太才承认错怪了好媳妇。王夫人非不能自己分说，不便说也。

诸如此类之说不出，正多着呢。其说不出是为社会的道德制裁所不许，并非语言自身问题。而其结果且会发生许多语言的虚伪与无聊的酬答。增加了语言的花腔与滥调，巧言与隐语，致使孔老夫子有"不知言无以知人也"之感，可见是自古已然了。

至于所谓"一言难尽"，那又并非说不出，只不过"言之长也"罢了，故皆所不论。

唯有想说说不出，才成为表现上的问题。又必先是真实地想到感到，更欲真实地把感想传出来，为了这真实，乃有艺术可言。

在这儿，也不尽是艺术问题，有时是语言本身的缺陷，原因是语言本为需要所迫而创造，其需要既有时与地的限制，而创造者又不必都尽情尽物。只为相习日久，鹿马可辨，大家也就安陋就简地混过去了。人类愈进化，现象愈复杂，语言愈是瘸着腿追赶不上。"薄粉艳妆红"，已经是与"衰颜借酒红"红得不同了，而"露冷莲房坠粉红"，与"夕阳楼阁半山红"与"红了樱桃绿了芭蕉"，许多不同的颜色，都用一个红字概括了！最近又舶来了"洋红""印度红"，红字用得越多，红的色性也就越加模糊了。提起"洋"字，尤为可恶，一切新添的现象需要形容的，都教"洋"字包办了。什么洋薄荷，洋海棠，洋货洋狗，都如不管是哪一国人，一以洋鬼子呼之，而语言之代表现象，愈笼统亦愈模糊。

至于哲学科学上许多名词，每为了定义缺乏清割，才弄出许多误解与争辩，而在翻译的时候，一种语言与其他的起了比较，其缺陷便更了然。

除了语言的缺陷外，在表现自身上说，感到说不出的尤其是情感。思想若自身先弄清楚了，剩下来的只有说法的好坏，并没有说不出的问题。因为就心理学讲，在运思的时候，就是语言的动作，本身没有分别。在用语言思想时，间或语言有省略；却并非先有思想，后用语言来表现。若以为说不出，那就是想不出；既想不出，又说些什么？所以表现上真的说不出只有一种，便是情感。

有人以为印象复杂时，感觉说不出。但那真正原因，还是观察得不清楚，或是语言不够用，或是表现无次序，也并非真的说不出。真的说不出，乃在一种事物的刺激（外来的或内动的），生理上先起变化，心理上成为感情（据 James Lange 情绪说）。

表示情感的感叹词，虽或起于语言之先，但至语言成熟了几千年，那些感叹词还无法用语言替代，且还是表现情感的最满意的方式。

在一种刺激的陡来，心神为之振荡，语言会全被吓跑了，故虽张口而无言。次则在一种情感暴烈时，喉干唇颤，再也说不清楚。甚或至于心有忸怩，也会口将言而嗫嚅。这都是证明情感根本就妨碍语言的工作。

若待情感过去，心神清爽时再去形容，那就同金圣叹早起食粥而甘，饭后再来描写，情感亦追不回来了。内省派的心理学家之不能存在，也是情感为梗，因为他们起情感时，刚一内省，心理便掉转风头，情感也就不见了。

故描写情感终为艺术家的难关。因为难写，艺术家往往被迫而用夸大的比喻。"问君还有几多愁，恰似一江春水向东流"与"白发三千丈，缘愁似个长"，比喻虽好，终究夸大得也可以。但比喻到底是比喻，不致与事实相混。若直写如"泪落枕将浮，身沉被流去"，便与撒谎无异。使人感觉反不如科学一点，像达尔文的 Expression of Emotions（情感的表达）写出实在而亲切了。

在《石头记》二十九回里，作者叙说宝玉与黛玉吵嘴的原因，而结束说："……此皆他二人素昔所存私心，难以备述，如今只述他们外面的形容。"这是多么智慧的一句话！接着作者又写到袭人劝宝玉的话，正打中黛玉的心坎，黛玉以为宝玉不如袭人；而紫鹃劝黛玉的话，也正打中了宝玉的心坎，宝玉又以为黛玉不如紫鹃。而读者明明看出，宝玉并非不如袭人，黛玉也非不如紫鹃。他们俩的情感自己说不出来，袭人、紫鹃所以能说者，又正是因为她二人没有他们俩的情感。他们俩的不能说，确是真不能，又非如宋江之不可说与王夫人之不能说。

作者遇到直接描写的困难，他的智慧指出一条路，曰"只述他们外面的形容"。也许这条路正是难关的出口。

诗歌与图画

诗歌在广义方面看，它的起源，不但先于文字，也许还先于成熟的语言；它与初民穴居中那些雏形的图画一样早，一样的是他们在实际生活需要以上发射出来艺术的曙光。

语言的成熟，是指能以完全用它表达意思与情感于他人，而又为他人所了解而言，这需要长时期的试验与发展。人类与生俱来的情感——尤其在初民时代，整个宇宙是情感的对象，不是理智的对象时，他们当然等不得语言的成熟，才应用以表情达意，而他们用以表情达意的，是不完全的语言，辅以手描脚画，象形式的动作；以及抑扬高下，感叹式的声音。这些就部分地说明了语言，舞蹈与音乐合而发展为古代的诗歌；也部分地看出文字的起源——记载语言的符号，不能离开象形象声，类似图画的痕迹。《诗序》所谓："言之不足，故嗟叹之；嗟叹之不足，故咏歌之；咏歌之不足，不如手之舞之，足之蹈之也。"虽足以说明古来诗歌与音乐及跳舞的"三位一体"，但对于其发生之次序，还不算是一个"美丽的臆断"。

诗歌，音乐，舞蹈与图画，到后来虽各自旁立门户，蔚为大国，在其起源是同生于类似的情志，表现于适合的形式，一种美感的要求。而"适合"也正是美的确切的解释。

不过，诗歌与图画，在其初级的发展中，并不如诗歌与音乐、舞蹈那样的密切，而其密切的关系，反生于稷黍的发展。在诗歌发展到"山水方滋"

的境界，而图画尚在写人物的阶段。及图画由人物以至鸟兽楼台，更由其背景作用以至为独立的山水，视诗歌久已"瞠乎其后"了。然而，把诗歌与图画联成一体，使为发生内部的渗透作用，因而使这两种艺术相得益彰的是"书画同源"为之媒介。

"书画同源"是中国艺术史上独有的问题，也是中国诗所以那般接近自然而中国画所以在世界艺术上独占一种风格的原因。这里并不是说旁的国家的诗歌与图画不相接近［其接近由于另一种原因，如二十世纪初，美国印象派（imagist）所主张的诗的内容，即其一证］，只是说中国的诗与画，为了书画同源的关系，其相互的影响特别早，特别大，至于形成中国诗画的特殊风格。

无论哪一国的字，没有成为独立的艺术品的，除了在图案上偶尔占点艺术风味。中国的书法，不独与图画雕刻（碑碣也是雕刻一种）并列，而且书法实是图画与雕刻的生命所寄（画法中的骨法用笔，浮雕中的线条，碑碣更无论）。因此书与画就发生了极密切的关系。除了画院派的画人外，文人派的画家往往便是书家，也往往便是诗人。画院派画到"灵品"与"妙品"，而中国画中最重要的在所谓"神品"与"逸品"，却又往往是文人画。自钟繇、王献之、顾恺之、谢灵运、王维、宋徽宗，以至赵孟頫、倪云林、董其昌，都是很显著的例。

画家既往往是文人，又往往是诗人（实在说，中国的文人与诗人没有界限），则在诗与画的修养上与作风上也就难以分开了。不独"诗中有画，画中有诗"成为诗人与画家的术语，而诗画可以写在一幅上，表示一个同样的意境；且有时互相发明，成为一种艺术上的合体。

诗歌与图画既在中国文艺史上发生如此密切的关系，我们不能不注意这种关系的价值。在诗歌与图画独立成为文艺作品时，它们彼此相互的影响更显然出于本体以外，这就到了诗境的"隔"与"不隔"（王国维《人间词话》）以及画中有无"意境"的问题。大抵诗境之"隔"，由于印象的模糊，故能使诗不隔者莫如画。画无意境，由于缺乏诗意，故能使画有意境者莫如诗。今先谈画对诗之影响，再谈诗对画之影响。

大抵写景，文字远不如形象艺术（Plastic Arts）之具体而清显。后世印象复杂，亦不如古人所表现者之单纯而有力。《诗经》中之"萧萧马鸣，悠悠旆旌"或"蒹葭苍苍，白露为霜"，随便举例，其印象莫不单纯而明晰（至其音乐成分之高，盖出于诗歌于音乐未分）。时代愈后，意象愈复杂，艺术各部门分立愈远，而诗中的印象便愈模糊。"池塘生春草""空梁落燕泥"，已是十分难得的佳句了。唯情景随人事的演进而日趋复杂，诗人的选择力与表现力，所赖于图画之帮助处必更大。就一般言之，写小景易，写大景难；写清景易，写浑景难；写美景易，写情景难。试举例言之：

"蝉声集古寺，鸟影度寒塘"，或

"青苔寺里无马迹，绿水桥边多酒楼"。与

"锦江春色来天地，玉垒浮云变古今"，或

"日落江湖白，潮来天地青"。

则小景比大景易得清楚。

"芙蓉露下落，杨柳月中疏"，或

"明月松间照，清泉石上流"。与

"天苍苍，野茫茫，风吹草低见牛羊"，或

"五更鼓角声悲壮，三峡星河影动摇"。

则清景比浑景易得亲切。

"暮春三月，江南草长。杂花生树，群莺乱飞"，或

"细雨鱼儿出，微风燕子斜"。与

"采菊东篱下，悠然见南山"，或

"振衣千仞岗，濯足万里流"。

则美景比情景易于描写。

写小景，清景，美景，颜近于工笔画；景愈大、愈浑，愈不易写，在画中已近于写意画。至于情景，高妙者往往远出画境以上，图画也只有望尘莫及了。

至于诗对画之影响，更为明显。无论画山水或写生，若仅只摹写天然，愈写得工细，写得逼真，我们愈要说他"匠气"。"匠气"便是缺乏"诗意"。诗意是整个画中有一个境界。或是疏旷，或是雄浑，或是淡远，或是函逸，总而言之，就是一种诗境。画家必须能将他于外界的印象，经过一番陶熔与融会，从自己的性灵中表现出来，然后才是"颜色的抒情诗"或"无声诗"。

这样画家实在与诗人并无二致，所差的仅在工具的不同。至于有些诗境不是图画能所达到的，那是艺术本身的限制，不是高下的问题。我们试看苏东坡（也是画家）题惠崇（也是诗人）《春江晚景》诗："竹外桃花三两枝，春江水暖鸭先知。蒌蒿满地芦芽短，正是河豚欲上时。"诗意与画境已经糅合为一，无从分出哪是诗哪是画了。

中国语言与中国戏剧

一切的艺术都要借一个介体 Medium 来表现它的内容的。往往同一的内容，只因用以表现的介体不同，就成为不同的艺术了。譬如《平沙落雁》吧，以声音为表现的介体，就成了琴操；以文字，就成了诗赋；以颜色，就成了图画。类推起来，很足证明介体就是划分艺术的根据。

介体不但是划分艺术的根据，而又是你借以赏识艺术惟一的实体，它就是艺术的胎身，胎身的美恶，不能不影响于艺术的内容及表现的。纯白大理石之于希腊雕像，水彩之于宋元花卉。介体的美丑，与内容与表现的美丑，合而为一了。不错，西施与东施以她们捧心这件事论，在内容与表现上，你能说她们不是一样的美吗？何以西施得了你的青眼，东施却遭了你的白眼呢？这是不是为了她们借以表现的介体有些不同？

戏剧的介体是台上的身段与语言。若要画画，你不能不讲究纸绢与笔色，若要雕塑，你不能不讲究石质与泥性，戏剧之需要讲究介体，在一切艺术中为最甚，可是纸笔颜色石泥等等，你选择哪一方哪一代的都行，甚而你借用外国的也行。至于戏剧的介体，除了身段可以模仿，不受地域的限制外，语言是有国性（如牛角横木以告人之为告，竿头悬枭之用为枭首示众的枭，俱隐含风俗；妻齐妾接之隐含制度；人言为信，止戈为武之隐含思想），有地方性（如方音方言之不同），有时代性（如古今音韵之变迁与古今成词句之废兴），有个性的。你在表演的艺术上，尽可以模仿外人的，就是在内容的情节上，你也未尝不可采取外人的，可是你在说中国话的听众之前表演，要得他们充分的赏识，你就不能不用纯粹的中国语言为介体。换句话说，要增进戏剧介体的功能，你只能在中国语言的本身想法子，绝对不能求助于外援的。然则我们讲起中国戏剧，不能不注意于中国的语言了。语言与戏剧关系最切的，要算是语言的个性了。

语言的个性自然是对于其他不同的语言而有。我们不敢说不同的语言就会发生不同的文学；我们却不能不说不同的语言会发生文学上不同的表现。中国的语言是比了欧洲任何语族的语言有它不同的个性。我们不能不承认它在介绍欧洲文学上有相当的阻力，可是也不能不承认它这阻力正是防止中国的文学纯粹欧化的一道长堤。我们不愿意中国文学拒绝外力的渗化，可是更不愿意中国文学完全消融于欧化，我们很高兴我们的语言有个性。

惟其语言有个性，然后我们的文学才有个性。文学有个性，然后才配得上在世界文学上占个地位。

所谓语言的个性，是离开一切它所隐含的风俗制度思想的影子，与那些方音方言及时代的变迁，而它仍有个与旁的语言不同的地方在。为了这篇是短文的性质，我们只能约略举例以供研究。

一、除了古音的声尾 M、P、T，今日尚留存于广东者外，我们都承认中国语言，比之欧洲复音字，是由单音字造成的。

一字一音，整齐划一，音有四声，声韵易调。故在文学上容易演成整匀的句调，对偶的骈文。在诗之初起，尚是长短间出（如三百篇中之诗，短至三字、长至九字之句常有。但四字句已占八九），至汉而后，便由五古七古而五律七律，而五绝七绝，日趋于形式音节的匀整，不惟韵文如此，就在散文也由东汉的字句匀整经晋魏六朝而变成骈俪与四六。看了这种文学的势趋，我们不能不承认中国的单音字造成中国文学的特点，这种比字对声，在欧洲的语言是不可能的。文学的形式太整，当然拘束了内容的忠实表现，但是它的字匀句调，也自有它的本身美。我们敢说这种文字应用于戏剧，那歌剧就最容易发展的。因为一字一音，音又有平仄清浊，歌时易于曲折抑扬，一个字可以咿呀老半天，咿呀到了适当的地方再夹进一个字去，任你歌喉流啭，而字的拘束几等于无。中国歌剧，专向美化悦耳方面发展，去真实语调日远，也是真个原因了。单音字对于歌剧容易美化，同时对于话剧就有阻难。何以故呢？单音字在写的语言上美化性愈高，在说的语言上不能如写时那样的推敲，而听者又不易懂，说的语言便与写的语言分家的势趋愈大。结果至于各不相为谋，语言受不到文学的润色与滋养，语言便日趋贫穷，而话剧的介体便羸弱得不堪了。这是第一层。歌剧日趋美化，剧里的动作与说白皆为歌所掩而立于不关轻重的地位。即有动作说白，也都要能与歌一致调协的美术化。所以中国舞台上的动作是美化的动作，说白是美化的说白，为了不如此，不能与高度美化的歌相协调。同时话剧所依据的介体是动作与说白。而二者在中国旧剧里，都是歌的婢妾。话剧要求发展，不能娶婢妾以为夫人，只好另行求之田间了。这是第二层。同时单音字不如复音字之有曲折顿挫，表情上不能尽力。单音字重音太多，容易混听。再加上中国演说与辩论不发达，说话少磨炼，又都是话剧的难关了。

　　二、中国语言中文字有个特点，每为人所忽略而实于戏剧的表情有绝大的补益的，是：中国多数的象物象声的文字为欧西文字所绝无而仅有的。不但狗声为吠，雁声为岸，江河像大小水流之声（此类形声俱象之字最多），亦且言圆而口圆，言方而口方，言宽窄而口作宽窄之形，言大小而口作大小之形，说空虚则空虚其口，说填实则填实其口，凡此皆以口象意。言果（果在木上，形圆）而圆其口，言屋而空其腔，此皆以口象物。说疾快迅速而声即快，说迟缓慢徐而声即慢，此皆以气象意。言笑而口开，言哭而嘴突，英文 smile 亦作开口之形，weep 作撅嘴之形，但此类字绝少。又如口舌唇齿牙，在中文发声时，都因部分而指物，在英文言 teeth 虽有落尾齿音，而开口已混舌音。法文德文俱无齿音。英文少喉音。R 音在法尚留为喉音，在德尚有部分留为喉音，在英已变为舌音，中国文字音类为最多。言悲而眉皱，言喜而眉开，此皆以面部表情。言怒而气粗，言悦而气细，此皆以声气表情。言咬、嚼、张、闭而口即状动作之形，言不、否、莫、靡、罔、非而闭口作拒绝之状，此皆以动作表情。以上例证，足见中国语言对于戏剧的表情，有极可贵的帮助，研究戏剧所不能不注意的。

　　三、自孔子选诗三百篇皆可被之弦歌，其后乐府诗、词、曲，都是歌体。五七古、五七律、五七绝，也只能供个人诵赏，而不能作诗剧的用体。如自希腊以至莎士比亚之诗戏，在西洋戏剧中与乐戏（opera）对话戏鼎立而三，在中国戏剧中绝对无其体。传奇杂剧京戏汉戏等等，只当西洋戏剧小品罢了，并非无乐而诵的诗剧。乐剧渊源于神话，多偏重于表情方面。对话戏渊源于人事，多偏重于才智方面。介乎两者之间，以诗述人情的委婉，虽哀而不伤，以事表人生的周折，虽奇而不诞，则莫妙于诗剧。中国没有诗剧，历史上多少可歌可泣的事，都得不到适宜的表现，这不能不算中国人的憾事了。可是就使你有力能写诗戏，而又苦于无适当的诗体可用。要你现创诗体来写诗剧，那真等于要穿皮鞋现养牛了！

旧日的诗歌词曲，除了它们的音节可以借用外，其格律谱调不能适用是不成问题的。白话诗连雏形尚未长成，又实在太幼稚不够用了。歌谣的音节词句，不少好的，然而又只是歌，不是诗，更不能适应戏剧的繁深。这样看来，诗戏在中国语言中是无望的了吗？却又不然，我相信——十分相信诗戏要从白话诗一线上演化出来。也许诗戏的成立在白话诗的成立以后，也许诗戏就帮助了白话诗的长成。诗戏与白话诗成立以后，一定会为中国的语言增加美丽的。同时中国的对话戏也可以借光借光了。

总之中国语言的特性，造成中国文学的特性，单音字易于调整对俪，写的语言，遂不受拘束的过度美术化，不能不与说的语言分离了。同时歌戏也不受拘束的过度美术化，对话戏反立于不利益的地位了。这并不是中国的语言不适于戏剧表情，实在是歌戏把表情动作为歌所掩，而对话戏又在初试，说的语言，内容不丰富又太没有相当的训练了，将来能美丽说的语言，同时又对于对话戏有帮助的，一定是白话诗。白话诗成立了，中国的诗剧也就有望了。

只因剧刊催稿催得太急，除了关于本题还有许多应当提出讨论之点都忽略了之外，所提出讨论的又太简略了。

只好在这里就便说句抱歉的话吧。

朱自清先生与现代散文

自新文学运动以来，合戏剧、小说、新诗、散文计算一下成绩，要推散文的成就最高。其次是小说，也因为与散文最近的原因。诗是迟放的花枝。戏剧呢，直至抗战以来，因为它是宣传比较有力的工具，才吸引了许多有才能的作家，不断努力地写作。到今天似又为电影所转移。但无论如何，都还比不上散文的成就。在散文上成就甚早并且提倡小品文使它成为一时风气的，朱自清先生便是最重要的一个。

近代散文本早已撕破了昂然道貌的假面具，摘去了假发，卸下了皂袍；它与一切问题短兵相接，与人生日常生活相厮混，共游戏。一句话，它不再装腔作势，专为传道者与说理者作工具，而只是每个人宣情达意的语言符号。这里便发生了三个问题：

一、我们叫这种散文是小品文，意思若是说另有一种大品文或雅文，专供大人先生之用，这误会还小；若是认为小品文其品不庄，只供文人游戏笔墨，以是不敢当散文之正统，只能自居于散文之旁支小道，这误会可就大了。直截了当的说，现代散文就是这个样子。随便你怎么叫，叫它身边随笔也好，叫它小品文也好，它虽不完全接受散文的传统，却自然而然地成为散文的正宗。它可以写身边琐事，也可以讨论国家大事；它可以说理，也可以抒情；它可以诙谐，也可以庄重。它只是把一切问题，哪怕是哲学的与科学的，说得更自然、更亲切，"就近取譬"罢了。"呼，仆夫，宜君王之欲杀汝而立职也"，不失为正经；"颗颐涉之为王沉沉者"，也不失为正史。韩愈的《毛颖传》，虽句句规模《史记》，其内容仍是游戏；柳宗元的《李亦传》，虽章法取诸正史，虚诞比之寓言。可知小品不小品，并不在乎文字的雅俗。现代散文可以让孔子"莞尔而笑"，这并不失为圣人之徒，只是假道学罢了。

二、散文与戏剧、小说，甚至诗，并没有严格的此疆彼界。《左传》《檀弓》《史记》《庄子》更多的是戏剧与小说成分，乃更为后来谈古文者所推崇。不以语录、戏曲、小说入文，只是想自立宗派的人妄立信条。可怪的是：他们本想模仿《左》《史》，却正把《左》《史》的好处遗漏了。至若后起的散文诗，更说明了诗境可以用散文写，而诗与散文并无界限了。

现代散文的运用，就在它打破了过去的桎梏，成为一种综合的艺术。它写人物可以如小说，写紧张局面可以如戏剧，抒情写景又可以如诗。不，有些地方简直就是小说，就是戏剧，就是诗。它的方便处，在写小说而不必有结构，写戏剧而不必讲场面，写诗而不必用韵脚，所以说它本体还是散文。

三、上面所说的两种特质，朱先生的散文都做到了。不但做到，而又做得好。所以他的散文，在新文学运动初期，便已在领导着文坛。至此我倒想讨论他散文的第三点，也许是最重要的一点，那便是他散文所用的语言。自新文学运动以来，一般最大的缺陷是对于文学所用的语言缺乏研究与努力，而语言却又正是文学建立的基础。不错，大家改用语体文了。可是用的是怎样的语体呢？一般说来，是蓝青官话，有的掺杂上过去的语录与白说小说的白话，有的糅合了外国的语法与学术上的名词。结果是不文不白，却雅俗共赏；不南不北，却南北皆通；不中不西，却翻译适用。因此也就马马虎虎把语言这一关混过去了。

混是混过去了，应用也勉强可以，可是缺乏了一种东西，那便是语言的灵魂，怎么说它也不够生动，没有个性，又不贴近日常生活。这也就说明了新文学为什么打不进民间去。在抗战前我们便有"大众语"的运动，可是很少有人去从大众学习语言。抗战期间我们又有"文学入伍"与"文学下乡"的口号，可是文学始终不肯入伍，也不肯下乡。文学体裁与内容诚然有问题，而最基本的问题还是语言的隔行。

朱先生自始就注重北平的方言，尤其近几年来，他在这方面的成就很可观。在他的文章中，许多的语句都那么活生生地捉到纸上去，使你感到文章的生动、自然与亲切。同时他用来很有分寸，你不觉得像听北平话那么——油嘴子似的。这里发生了一个问题：我们能不能完全用一种方言——比如北平话，写文章；用方言，文字才生动，才有个性，也才能在民间生根。可是方言有时就不够用，特别在学术用语方面。并且若是全用北平话，也觉得流利得有点俗。朱先生在这方面的主张，是以北平话作底子而又不全用北平话。那也就包含一个结论，便是：我们文章的语言，必须是出发于一种方言，这是语言的真生命；然后再吸收他种方言术语，加以扩大，成为自创的语言。这个问题是值得我们继续研究与不断努力的。

最后，我觉得朱先生的性情造成他散文的风格。你同他谈话处事或读他的文章，印象都是那么诚恳、谦虚、温厚、朴素而并不缺乏风趣。对人对事对文章，他一切处理得那么公允、妥当、恰到好处。他文如其人，风华是从朴素出来，幽默是从忠厚出来，腴厚是从平淡出来。他的散文，确实给我们开出一条平坦大道，这条道将永久领导我们自迩以至远，自卑以升高。